DIE MIRABELLEN MEINER MUTTER

EMMA BLIX

© 2021 Emma Blix

Verlag & Druck: tredition GmbH, Halenreie 40-44, 22359 Hamburg

ISBN: 978-3-3472-8061-8

Das Werk, einschließlich seiner Teile, ist urheberrechtlich geschützt. Jede Verwertung ist ohne Zustimmung des Verlages und des Autors unzulässig. Dies gilt insbesondere für die elektronische oder sonstige Vervielfältigung, Übersetzung, Verbreitung und öffentliche Zugänglichmachung.

Bibliografische Information der Deutschen Nationalbibliothek: Die Deutsche Nationalbibliothek verzeichnet diese Publikation in der Deutschen Nationalbibliografie; detaillierte bibliografische Daten sind im Internet über http://dnb.d-nb.de abrufbar.

Umschlaggestaltung, Illustration: © Copyright by chaela (www.chaela.de)

Lektorat: www.textehexe.com

Korrektorat: www.benisa-werbung.de

Emma Blix

c/o skriptspektor e. U.

Robert-Preußler-Straße 13 / TOP 1

5020 Salzburg

AT – Österreich

Emma.Autorin@posteo.de

1956

*Unser Mirabellenbaum hängt übervoll mit Früchten. Süß sind sie
in diesem Jahr.
Wie dein Mund.
Wir verstecken uns ganz oben in den Ästen, verbergen uns vor den
Blicken anderer.
Wir kichern nicht mehr, wenn wir uns küssen.
Längst erwarte ich sehnsüchtig deine Lippen, fiebere voller
Ungeduld deinen zärtlichen Händen entgegen,
atme den Duft deines Haares.
Und wir beide wissen: Niemand darf uns sehen!*

EINS

WAS FÜR EINE SCHNAPSIDEE!, denke ich, als ich erwache.

Eine große Fünfziger-Feier, hier in unserem Feriendomizil – ausgerechnet jetzt! Aber Rainer hat letzte Nacht den Anfang gemacht und gemeint, man müsse mich ausgiebig feiern. Dazu könnte ich doch mal die Nachbarn einladen. Hannah meinte, ich muss unbedingt alle meine Freunde und Studienkollegen dabeihaben, und ich sagte, um dem Ganzen noch eins draufzusetzen: »Ja klar, und dazu noch meine Mutter und meinen Bruder samt Familie und natürlich den ganzen Rest der Verwandtschaft.«

Dann begaben wir uns alle drei in Hannahs Arbeitszimmer. Als gelernte Grafikerin erstellte sie vor meinen Augen eine wunderschöne Einladungskarte zu einer Fete der besonderen Art.

Und Rainer war so begeistert davon, dass er mithalf, die Einladungen auf farbiges Papier zu drucken, während ich Namen und Adressen auf dazu passende Umschläge schrieb. Gemeinsam kritzelten wir zum Schluss noch ein paar persönliche Worte darunter. Slogans wie: Jetzt erst recht – mit Vollgas in die Fünfzig – auch Singles können feiern – Carpe diem … und weiß Gott, was alles.

Wir waren echt kreativ. Und, was hatten wir für einen

Spaß! Gegen drei Uhr morgens warfen wir einen ansehnlichen Stapel Briefe in den Briefkasten des gegenüberliegenden Campingplatzes, und in meinem benebelten Zustand wunderte ich mich noch darüber, wie zuvorkommend er die Flut an Briefen schluckte.

Oh Gott! Was haben wir nur getan?

VIERUNDZWANZIG STUNDEN ZUVOR.

Es ist ein ganz normaler Sonntagmorgen.

Seit die Katze gestorben ist, weckt uns morgens kein ›Miau‹ mehr. Das ist einerseits mal ganz angenehm, da es uns nie gelungen ist, die Katze an Wochenende und Feiertage zu gewöhnen, andererseits ist es sehr traurig. Obwohl immer ich es war, die sie morgens gefüttert hat, möchte Ann keine neue mehr haben.

Das Gemauze und Gekratze an der Schlafzimmertür am frühen Morgen nervte sie, andererseits wollte sie die Katze nicht zu uns ins Bett lassen. Das Fellknäuel störte Ann an den Füßen und wurde ihr zu warm. Überhaupt ist ihr alles zu warm. Ann ist in den Wechseljahren. Der Pullover, die Bettdecke, die Jacke, in allem beginnt sie zu schwitzen. Sogar, wenn ich ihr zu nahe komme.

An diesem Morgen stehe ich, wie immer, als Erste auf und koche Kaffee. Manchmal trinken wir die erste Tasse noch im Bett. Heute allerdings höre ich Anns Stimme, als ich in der Küche hantiere.

»Du kannst schon mal den Tisch decken. Ich steh gleich auf.«

Ich schaue auf die Uhr. Es ist kurz vor neun und der Himmel ist vielversprechend blau.

»Mach ich«, rufe ich zurück. Nach dem Frühstück die Sachen zu packen und zu verschwinden, wäre schön, denke ich mir.

Ich koche Eier, wachsweich, wie Ann sie mag, nehme

2

Brötchen aus dem Gefrierschrank, benetze sie mit etwas Wasser, schiebe sie in den Backofen. Ich stelle Erdnussbutter auf den Tisch, die mit den Stückchen, Frischkäse und Marmelade. Perfekt. Oder habe ich etwas vergessen?

»Kaffee ist fertig!«, rufe ich in Richtung Schlafzimmer. Ann kommt, im Pyjama wie ich auch, setzt sich auf ihren Lieblingsplatz, ich schenke ihr ein und wir beginnen zu frühstücken.

»Ich muss mit dir reden«, sagt Ann mittendrin.

»Ich auch«, antworte ich. Ein Ausflug auf die Schwäbische Alb, das würde mir für heute gefallen. »Aber red' erst du.«

Und Ann beginnt. »Vor ein paar Monaten hat eine neue Kollegin bei uns angefangen. Wir haben uns von Anfang an super verstanden …«

»Oh, schön«, sage ich. Dann lad' sie doch mal zu uns ein, möchte ich sagen, doch Ann redet schon weiter.

»Ich habe dir bis jetzt nichts von ihr erzählt.« Sie hält meinen Blick fest. »Ganz bewusst nicht.« Sie kommt ohne Umschweife zur Sache. »Heidrun ist so, wie ich mir meine Traumfrau immer vorgestellt habe. So feminin, selbstbewusst, eloquent. Als sie bei uns anfing, hatte sie noch einen Freund.«

So, wie Ann es sagt, weiß ich, dass sie jetzt eine Freund*in* hat. Und ich ahne, wer diese neue Freundin ist. Ich lege mein Brötchen zurück auf den Teller. Mein Blick ist auf die Frau geheftet, die ich kenne wie keine andere. Sicher ist unsere anfängliche Liebe einer gewissen Routine gewichen, trotzdem dachte ich, ich bliebe den Rest meines Lebens mit ihr zusammen. Mir entgeht nicht die kleinste Regung in ihrem Gesicht.

»Wir haben uns in den letzten Wochen regelmäßig privat getroffen und haben uns auch für heute Nachmittag verabredet«, fährt Ann fort.

Wie kannst du nur! Heute, am Sonntag. Ohne mich gefragt zu haben. Der Gedanke ist nur ein kurzer Impuls. Ich weiß, eine Absprache mit mir war nicht mehr nötig.

Ann sagt: »Ich habe Heidrun versprochen, wenn wir uns

heute Nachmittag treffen, wirst du über uns Bescheid wissen.«

Mein Herz beginnt so hart zu schlagen, dass ich meine, man kann es hören. Fassungslos lausche ich dem, was sie mir noch zu sagen hat.

»Andy, es ist aus zwischen uns. Heidrun und ich sind ein Paar. Sie hat sich von ihrem Freund getrennt und zwischen uns passt alles. Wir lieben uns.« Ann sieht so glücklich aus. Es ist immer noch dieselbe Ann, die ich kenne. Sie trägt den Schlafanzug, den ich ihr geschenkt habe. Ihr Haar steht so ab wie jeden Morgen, und sie hat dieselbe Brille auf wie sonst auch. Alles an ihr ist wie immer und doch ist alles anders. Sie liebt eine andere.

»Wie kannst du sicher sein, dass das nicht nur eine kurze Laune ist?«, setze ich an zu einem Kampf, den ich längst verloren habe. »Vielleicht probiert sie nur mal was anderes aus und du liegst völlig falsch.«

»Nein, liege ich nicht.«

»Du kennst sie erst seit ein paar Wochen und gibst sofort alles für sie auf? Was machst du, wenn sie es nicht halb so ernst meint wie du?«

Ann seufzt auf. »Andy, ich werde mit dir nicht darüber diskutieren, was Heidrun für mich empfindet und was nicht. Ich weiß nur, *sie* ist meine Traumfrau – auch im Bett.«

Das sitzt! Sie schlafen schon lange miteinander. Die letzten Monate spielte ich also schon eine Nebenrolle. Ich habe nichts davon bemerkt. Mir ist nur aufgefallen, dass ich ihr nichts mehr recht machen kann. Jetzt ist mir der Grund dafür natürlich klar. »Und ich? Wer war ich für dich die letzten fünfzehn Jahre?«

»Ich konnte ja nicht wissen, dass ich eine Frau wie Heidrun kennenlernen würde.« Sie sieht mich unschuldig an, so, als wäre sie die Letzte, die an der Misere schuld sein könnte.

»Das ist doch Scheiße, Ann!«, rufe ich aus und stehe auf. »Fünfzehn Jahre! Die kannst du doch unmöglich einfach so wegwerfen. Ich bin doch nicht dein Notnagel, nur dazu da, dich auszuhalten, bis eines Tages eine Heidrun kommt!« Mein Blick bohrt sich in ihren, aber sie bleibt gelassen. Ja, genau das war ich für sie gewesen! Ein Notnagel. Und nicht der schlechteste, denn ich übernahm den größeren Anteil unserer monatlichen Ausgaben. Es war für mich selbstverständlich, denn ich habe den besser bezahlten Job. Unsere ganze Wohnungseinrichtung habe ich finanziert, bis auf wenige Ausnahmen. Hat sie mich einfach nur vorsätzlich ausgenommen?

»Wir sind nicht verheiratet«, erinnert mich Ann. »Wir können von heute auf morgen auseinandergehen.«

»Ja«, sage ich, weil sie natürlich recht hat. Aber für mich war das Versprechen bei Kerzenschein, das wir uns gegeben hatten, so bindend wie ein Ehegelübde. »Das willst du wirklich? Dass wir uns trennen?«

»Andy, ich bin verliebt wie noch nie. Ich habe nur noch diese Chance in meinem Leben, ich geh auf die Fünfzig zu. Ich werde sie nutzen.« Und Ann erzählt weiter, wie es war, als es immer mehr zwischen ihnen gefunkt hat, wie sie sich privat verabredeten und miteinander im Bett landeten. Und sie beschreibt mir sogar, was sie dort machen. Ich unterbreche sie, weil ich es nicht hören möchte. Ich begreife aber, es ist ihr absoluter Ernst. Und dann stehe ich auf, dusche, ziehe mich an und packe alles zusammen, was mir für meinen Alltag unentbehrlich ist.

Im Bad fange ich an, mache im Wohnzimmer weiter, nehme ein paar Lieblingsbücher aus dem Regal, hole mir ein paar Lebensmittel aus der Küche, packe sogar mein angebissenes Brötchen ein, dazu eine Packung Kaffee, Milch und Zucker.

»Hey«, höre ich Ann sagen, »das heißt jetzt nicht, dass du überstürzt ausziehen musst. Ich wollte es dir nur schon mal sagen. Du kannst dir Zeit lassen.«

Darauf kann ich verzichten! »Zu liebenswürdig. Die Möbel, die ich bezahlt habe, werde ich abholen lassen, sobald ich weiß, wo ich zukünftig wohne.« Ich sehe mich um. »Es wird hier leer werden. Das ist dir bewusst, oder?« Aus mir spricht der Frust, ich weiß es selbst.

»Werd jetzt nicht kindisch, Andy.«

Glaub bloß nicht, dass ich dir unser gemachtes Nest so mir nichts, dir nichts überlasse! Ich gehe in mein Büro, räume alles, was ich zum Arbeiten brauche, in zwei Wäschekörbe: Laptop, Tastatur, Monitor, Steckerleiste und Aktenordner. Ann geht ins Bad, bleibt dort, solange ich meine Reisetasche und die Wäschekörbe in meinen Kombi lade. Ich nehme ein paar Jacken mit, alle meine Schuhe, vergesse auch meine Wanderstiefel nicht.

Sie duscht immer noch, als ich gehe. Gibt es wirklich nichts mehr, was mich hält? Die Katze ist tot und Ann liebt eine andere.

So fahre ich davon.

Ich verbringe den Großteil des Tages tatsächlich auf der Schwäbischen Alb, irre bei schönstem Wetter im Wald umher, zwischen Neandertalerhöhle und dem Uracher Wasserfall, und fahre erst gegen Spätnachmittag in Richtung Heidelberg. Von dort folge ich den Neckar entlang bis zu unserem Feriendomizil. Fast zwei Wochen früher als geplant, denn ursprünglich wollte ich erst ein paar Tage vor meinem fünfzigsten Geburtstag dort aufschlagen, zu einer Feier im engsten Familienkreis. Das ist jetzt alles anders geworden. Wie schnell das gehen kann.

Über die Freisprechanlage im Auto rufe ich Hannah an, gebe Bescheid, dass ich früher komme, um es genau zu sagen: jetzt.

Hannah wohnt das ganze Jahr über in dem denkmalgeschützten Anwesen meiner Urgroßeltern, und zwar in der kleinen Wohnung des stattlichen Fachwerkhauses, die früher als Altenteil gedient hatte. Unsere sechsköpfige Erbengemeinschaft, der auch mein Bruder und meine Mutter angehören, hat sie ihr mietfrei überlassen. Im Gegenzug sieht sie dort nach dem Rechten und ist so etwas wie unsere Gutsverwalterin geworden.

· · ·

DAS SCHEIDENDE LICHT des Tages bricht sich auf dem träge dahinfließenden Neckar, als ich ankomme. Das rege Leben auf dem Campingplatz gegenüber ist am Abklingen, nur noch wenige Menschen stehen am Neckar-Schiffsanleger, an dem es tagsüber so belebt zugeht. Unser denkmalgeschützter Hof mit seinem kunstvollen Fachwerk, dem parkähnlichen Garten und der alles umschließenden hohen Mauer erscheint in dieser Umgebung wie eine kleine Welt für sich, der die Umtriebigkeit der Nachbarschaft nichts anhaben kann. Die gepflegte Rasenfläche, die akkurat angelegten Rosen- und Dahlienbeete verstärken den Eindruck eines Märchenlandes. Im hinteren Eck des Gartens befindet sich sogar ein Kneipp-becken, ausgekleidet mit Pfaffenhofener Schiefer. Ich halte an, steige aus meinem Kombi, öffne das Tor und fahre die erst kürzlich mit frischem Kies aufgeschüttete Einfahrt entlang. Die Haustüren des gelb erstrahlenden Fachwerkhauses sind den Originalen nachempfunden und ein Beispiel fachlich kompetenter Restaurationsarbeit. Die größere der beiden führt in das Haus der früheren Herrschaft, die kleinere in Hannahs Einliegerwohnung.

Die Tür öffnet sich, Hannah tritt hindurch, kommt mir entgegen, fällt mir um den Hals.

»Andy! Hey! Wie kommt's, dass du schon da bist?«

Unter Tränen erzähle ich ihr alles. Hannah bittet mich herein, schenkt mir erst mal was Ordentliches ein und ruft dann meinen Freund Rainer an, der gleich um die Ecke wohnt. Er kommt sofort, um mir ebenfalls beizustehen.

Und in Gesellschaft der beiden nimmt dann alles seinen Lauf.

ZWEI

DIE TÜR zu meinem Schlafzimmer öffnet sich.

»Guten Morgen, du Langschläferin. Der Tag hat längst begonnen.«

Ich stöhne auf, als ich Hannahs Stimme höre.

»Komm schon!«, sagt sie gutgelaunt. »Bei mir drüben gibt es Kaffee. Ich bin schon längst auf den Beinen.«

»Du verträgst auch mehr als ich.« Ich stecke meinen Kopf unter das Kissen. »Musst du so rumschreien?«

Hannah legt die Hand auf meine Schulter und rüttelt sachte.

»Lass mich«, murre ich. »Außerdem war ich auch schon wach. Ich habe sogar schon nachgedacht. Wir haben nicht wirklich so viele Einladungen geschrieben, oder?«

»Aber natürlich haben wir das, und die Idee war echt super!«

Hannahs Stimme dröhnt in meinem Kopf und meine Hoffnung schwindet dahin. Es ist also wahr! Heute Nacht haben wir alle möglichen Leute zu einer bekloppten Geburtstagsfete eingeladen. »Meinst du, wir können den Postboten noch abfangen?«

Hannahs lautes Lachen hallt durch mein Schlafzimmer.

»Nee, warum denn? Außerdem wird der um halb neun

geleert, jetzt ist es gleich zehn. Mach dir also keine falschen Hoffnungen.«

Shit! Vorsichtig begebe ich meinen Oberkörper in eine Senkrechte, schiebe unwillig die Bettdecke weg, strecke erst ein Bein, dann das andere aus dem Bett. Hannah verfolgt amüsiert meine Bewegungen.

»Es war eine Schnapsidee«, sage ich. Der Druck in meinem Kopf nimmt zu. »Was haben wir da bloß angerichtet!« Ich presse die Fingerspitzen gegen die Schläfen. Es mindert den Schmerz. Und wenn ich mit den Handinnenflächen leichten Druck auf die Augäpfel ausübe, wird es sogar noch besser.

»Brauchst du eine Kopfschmerztablette?«, höre ich Hannah fragen. Da schwingt eindeutig Häme in ihrer Stimme mit! Hat sie nicht mindestens so viel wie ich getrunken? »Ich geb' dir welche. Komm jetzt.«

»Ja, gleich«, sage ich und erhebe mich langsam, setze einen Fuß vor den anderen in Richtung Bad. »Ich muss nur erst unter die Dusche.«

»Ich bin dann mal wieder drüben.« Hannah ist fort, bevor ich überhaupt die Türschwelle erreicht habe.

Wie macht die das bloß? Wie kann man eine ganze Nacht durchzechen und am nächsten Morgen durch die Gegend springen wie ein junges Reh?

Vermutlich liegt es am Alter. Hannah ist fast zwanzig Jahre jünger als ich.

Mit steifen Beinen stakse ich ins Bad, es ist glücklicherweise gleich nebenan. Ich lasse Slip und Unterhemd, in denen ich die Nacht verbracht habe, auf den Boden fallen, und betrete die Fertig-Duschkabine vom Baumarkt, die neuste Errungenschaft meines Bruders. Seit der äußerlichen Instandsetzung des Hauses letztes Jahr verweigerte er sich allen teuren Investitionen, genauso meine Cousinen. Alle wollen hier Urlaub machen, aber niemand ist bereit, mehr dafür zu zahlen als die Miete einer vergleichbaren Ferienwohnung. Was soll's? Den Restmonat und den ganzen nächsten habe ich das Anrecht hier zu sein und zu machen, was ich will. Die Erbengemeinschaft hat sich nämlich auf ein rotierendes System geeinigt.

Von Seiten des gegenüberliegenden Campingplatzes, der das gesamte Neckarufer einnimmt, wurde mehrfach angefragt, ob die Erbengemeinschaft das Grundstück samt Haus nicht veräußern wolle. Natürlich haben wir abgelehnt.

Ich taste nach dem Wasserhahn, drehe ihn auf. Warmes Wasser prasselt auf mich herab, achtunddreißig Grad, wie vom Thermostat eingestellt.

Der Boden dieser Scheiß-Duschkabine wird so rutschig, dass ich höllisch aufpassen muss. Ich nehme mir vor, sobald mein Kopf es zulässt, eine ebenso hässliche Anti-Rutschmatte aus dem Baumarkt zu holen. Kaum habe ich das gedacht, fährt ein stechender Schmerz in meinen Kopf. Also beschließe ich, nur noch freundliche Dinge zu denken. Als ich fertig mit Duschen bin steige ich mit einem großen Schritt aus diesem Fertigteil und rubbele mich trocken. Die Haare lasse ich nass, schlüpfe in Jeans und Shirt und gehe die Treppen hinunter, rolle beim Gehen bewusst ab, um die Erschütterung auf meinen Kopf so gering wie möglich zu halten.

Zaghaft klopfe ich bei Hannah an.

»Komm rein!«, höre ich ihre Stimme und betrete die Wohnküche, deren original bäuerliche Einrichtung jedem Freilandmuseum Konkurrenz macht, setze mich auf meinen Stammplatz auf der Küchenbank: der Platz neben dem verputzten Landhausofen, mit Blick hinaus auf die Straße, direkt auf diesen blöden Monolithen. Er liegt genau auf der Grundstücksgrenze zwischen uns und dem Campingplatz und soll offiziell die Ein- und Ausfahrt zu dessen Parkplatz markieren. Aber ich glaube, der Betreiber wollte uns damit einfach den freien Ausblick auf den Neckar nehmen, weil wir unser Grundstück nicht an ihn verkaufen wollten.

Heute habe ich nicht einmal mehr die Kraft, mich darüber aufzuregen.

Es riecht nach Feuer und Kaffee. Hannah bereitet es größte

Freude, den alten Herd in der Küche anzufeuern und Kaffee noch von Hand aufzubrühen. Es ist das Beste, was die Erben jemals beschlossen haben, gerade ihr diese Wohnung zu vermieten. Sie ist ein Goldstück, hält alles liebevoll instand, erträgt auch die Rolle als Sprachrohr sämtlicher Erben mit Geduld und viel Humor. Sie sorgt dafür, dass es warm ist, wenn sich jemand ankündigt, räumt auf und putzt, wenn jemand das Haus verlässt. Sie stellt im Winter das Wasser der Gartenleitung ab, damit es nicht gefriert, schaut nach der Post, nach dem Müll, nach dem Telefon, einfach nach allem. Und das Schönste: Hannah ist absolut glücklich darüber, hier zu sein. Es inspiriert sie, sagt sie immer. Hauptberuflich verdient sie ihr Geld als freie Grafikerin, dazu hat sie sich einen kleinen Arbeitsplatz in ihrem Schlafzimmer eingerichtet.

»Möchtest du etwas frühstücken?«, fragt Hannah, stellt mir eine Tasse hin, gießt mir Kaffee ein. »Keine Milch, keinen Zucker. Bitte schön.« Sie grinst.

Der Kaffee riecht vielversprechend. »Soll ich das wirklich machen? Eine so große Feier?«, frage ich und gebe ein leises Stöhnen von mir.

»Natürlich! Du wirst schließlich nur einmal fünfzig.«

»Aber ausgerechnet in meiner jetzigen Situation?«

»Ja, genau. Jetzt erst recht. Haben wir doch heute Nacht lang und breit besprochen.«

»Ich war betrunken.«

»Im Wein liegt Wahrheit«, zitiert Hannah irgendeinen Philosophen, ungeachtet der Tatsache, dass wir Bier und Wodka getrunken haben, keinen Wein. »Ich finde es gut, wie offensiv du damit umgehst. Du lässt dich echt nicht unterkriegen, schon gar nicht von Ann.«

»Ich, mich nicht unterkriegen lassen?«, wiederhole ich bass erstaunt. Bis jetzt war ich der Meinung, dass mich Anns Entscheidung völlig von der Rolle gebracht hat. Da war keinerlei Gegenwehr in mir, nur totales Chaos. Aber es tut gut, wie Hannah das sieht.

Sie setzt sich zu mir, in der Hand eine Scheibe Brot, dick mit einer Haselnusscreme beschmiert. Genüsslich beißt sie hinein. »Soll deine Ex doch mal sehen, dass sie dir die Lebensfreude nicht rauben kann«, sagt sie mit vollem Mund.

Lebensfreude? Vorsichtig nehme ich ein paar Schlucke Kaffee, warte auf das wärmende Gefühl, das sich in meinem Magen einstellt. Etwas in mir rückt wieder an seinen richtigen Platz und meine Gedanken werden klarer – und mit ihnen kommt die Angst vor dem, was ich mir da aufgehalst habe. Dieses Gefühl verdrängt sogar etwas von dem Frust, von seiner Ex-Partnerin betrogen worden zu sein. »Du meinst, ich soll das wirklich durchziehen, und du hilfst mir?«, frage ich mit einem bangen Gefühl in der Magengegend.

»Natürlich. Was glaubst du denn?«

Dass ich jämmerlich Schiffbruch erleiden werde und es mir noch vollends den Rest gibt. »Vielleicht haben wir Glück und die meisten sagen ab. Mein Geburtstag ist ja schon bald«, starte ich einen letzten Versuch, das drohende Unheil abzuwenden.

»Warten wir's ab.« So siegesgewiss, wie sie klingt, glaubt sie nicht an Absagen. Sie strahlt immer so viel Zuversicht aus, und überhaupt ist sie ein sehr positiv denkender Mensch. Warum ausgerechnet ihre Ehe scheitern musste, kann ich mir bis heute nicht erklären. So, wie ich Hannah kenne, schafft sie alles – irgendwie. Es muss schon ein sehr triftiger Grund gewesen sein, der sie dazu veranlasst hat, mit ihrer Tochter eine eigene Wohnung zu suchen. Vielleicht häusliche Gewalt oder Drogen, oder so. Irgendetwas ganz Furchtbares. Hannah redet nicht darüber. Noch nicht einmal an so einem Abend wie gestern. Nur ich habe von mir erzählt – von Ann und den fünfzehn Jahren unserer Beziehung. Da taucht plötzlich ihre Traumfrau auf, und das war's. Aus und vorbei. Ich habe mir alles von der Seele geredet und Hannah und Rainer waren so lieb und haben sich den ganzen Mist angehört. Und dann hatten wir die Idee, meinen Geburtstag gerade deswegen ganz groß zu feiern.

Hannah strahlt immer noch. »Das Haus war schon öfter gerammelt voll mit Gästen. Fangen wir heute damit an, die Scheune aufzuräumen. Du wirst sehen, das wird urgemütlich, und dazu stellen wir im Garten ein Zelt auf. Unser Getränkehändler verleiht welche, und die Getränke nehmen wir auf Kommission. Ich backe die Kuchen, und kochen können wir ja gemeinsam. Sollen wir gleich eine Liste zusammenstellen, was wir deinen Gästen anbieten?« Hannah ist ganz in ihrem Element.

Deinen Gästen ... anbieten. Es macht mir Angst. Die Kopfschmerzen nehmen augenblicklich zu, leidend verziehe ich das Gesicht.

»Ach, deine Tablette! Hab' ich ganz vergessen.« Hannah springt auf, verschwindet, um etwas später mit einem Blister voller Kopfschmerztabletten wiederzukehren. Sie drückt zwei heraus, reicht mir ein Glas mit Leitungswasser. Danach wendet sie sich dem Herd zu, denn sie ist schon dabei, das Mittagessen zu kochen. Ihre Tochter Sara hat heute Nachmittag keinen Unterricht und kommt bald nach Hause.

Ich merke erst jetzt, wie durstig ich bin. Ich trinke aus, stehe auf und halte mein Glas noch einmal unter den Wasserhahn. Nach dem zweiten Glas trinke ich noch eine Tasse Kaffee, danach geht es mir besser. Hannah hat recht. Es wäre doch gelacht, wenn ich mich wie ein geprügelter Hund zurückziehe und mich über Ann und mein Leben gräme. Vielleicht habe ich auch nur Angst vor einem großen Fest, weil ich selbst weder kochen noch backen kann. Ich hatte immer das Glück, eine Partnerin zu haben, die diesen unleidigen Part in der Küche übernahm. Meine Talente liegen mehr im technischen und handwerklichen Bereich. Auch wenn ich mir jetzt vornehme, das schleunigst zu ändern, wird sich bis zu meinem Geburtstag noch kein nennenswerter Erfolg einstellen. Aber ich habe Hannah, und außerdem kann ich ein Catering engagieren. Ja, genau. Dieser Gedanke gefällt mir und schon ist die Vorstellung einer Geburtstagsfete in realisierbare Nähe gerückt.

»Okay«, sage ich. »Ich kümmere mich um ein Catering. Du hast auch so noch genug am Hals, wenn die wirklich alle kommen.«

Und dann könnte ich mir die Scheune ansehen. Ein stechender Schmerz bohrt sich durch meine Schädeldecke. »Ich glaub, ich leg mich noch mal hin.«

Hannah nickt, ich fühle ihren prüfenden Blick. »Wird das Beste sein. Siehst noch ein bisschen käsig aus.«

»Danke für den Kaffee ... und die Tabletten ... und überhaupt – für alles.« Ich verlasse die gemütlichste aller Wohnküchen und gehe hinüber in den anderen Teil des Hauses. Die Treppe nach oben zu steigen, erscheint mir heute Morgen besonders anstrengend. Mit hämmerndem Herzen erreiche ich das Schlafzimmer und dann mein Bett – und falle hinein.

Nur noch ein kleines Stündchen schlafen. Die Welt ist danach bestimmt eine bessere.

DREI

DER SCHMERZ in meinem Kopf ist einem tauben Gefühl gewichen, als ich mich wieder aus meinem Bett schäle. Der Hunger treibt mich in meine Küche, die sich ein Stockwerk tiefer befindet. Im Vergleich zu Hannahs gemütlicher Wohnküche ist die hier beinahe trostlos. Außerdem gibt es hier fast nichts zu essen. Das Wenige, was ich von zu Hause mitgebracht habe, beschränkt sich auf ein Päckchen Zwieback, etwas Butter, Milch, Kaffee. *Von zu Hause.* Das war es einmal. Jetzt ist alles anders. Ich bin wieder Single, habe unsere gemeinsame Wohnung verlassen.

Der Mietvertrag läuft auf uns beide, fällt mir in diesem Zusammenhang ein. Ich muss meine Vermieterin anrufen und sie über die Veränderung aufklären. Ich mache mir eine Notiz auf dem kleinen Block, der da liegt.

Warum bin eigentlich ich gegangen und nicht Ann? Sie hat schließlich etwas mit einer anderen angefangen. Jetzt habe ich den beiden auch noch bereitwillig das Feld geräumt. Ob die andere schon eingezogen ist? In Gedanken stelle ich mir vor, wie ich Ann in einem Anfall von heiligem Zorn aus der Wohnung werfe. Aber hätte ich das gewollt, in unserer Wohnung allein weiter zu wohnen, mit all den Erinnerungen, die uns verbinden?

Nein, das wäre keine Option für mich gewesen.

Jetzt nicht im Selbstmitleid ertrinken. Das habe ich schon auf der Fahrt hierher zu Genüge getan. Gestern. Die meiste Zeit habe ich nur geheult. Dass ich trotzdem heil hier angekommen bin, habe ich sicher irgendeinem Schutzheiligen der Verlassenen zu verdanken.

Und Gott sei Dank waren Hannah und Rainer gleich zur Stelle. Rainer ist mein alter Schulfreund aus Pliezhausen, den es erfreulicherweise hierher, den Neckar flussaufwärts verschlagen hat. Er wohnt nicht weit von uns entfernt. Mit dem Auto vielleicht fünf Minuten. Hannah hat ihn angerufen, als ich gestern wie ein Häufchen Elend auf ihrer Küchenbank gesessen habe. Zusammen haben sie mich aufgebaut. Was für ein Glück, die beiden zu haben. So muss ich das auch betrachten.

Und jetzt?, frage ich mich. Was bleibt von meinem bisherigen Leben? Mir wird wieder flau zumute. Ich bleibe sitzen, auf einem der Stühle, die überhaupt nicht zusammenpassen, weil die Erbengemeinschaft sie sich einzeln zusammengekauft oder vom Sperrmüll gesammelt hat.

Ich muss wieder ganz von vorne anfangen. Der Gedanke macht mir Angst. Ich bin fünfzig! Zumindest so gut wie. Was mache ich, wenn ich für den Rest meines Lebens allein bleibe? Ich bin überflüssig geworden. Einfach ausrangiert.

Welche Freunde werden mir bleiben? Fängt jetzt das an, dass Ann und ich unsere Bekannten abtelefonieren und versuchen, sie auf unsere Seite zu ziehen? So eine Trennung polarisiert immer das soziale Umfeld. Ob man will oder nicht, man muss sich entscheiden, wem man zukünftig näherstehen möchte. Eine wird dabei unweigerlich verlieren. Wer wird sich für mich entscheiden, wer für Ann und ihre Neue? Vielleicht werden alle unsere Freunde zu Ann und ihrer Neuen halten, denn die beiden sind so schrecklich verliebt, und bestimmt gönnen ihnen alle das junge Glück. ›Sie ist meine Traumfrau – auch im Bett‹, höre ich Ann wieder sagen. Was war ich all die Jahre? Danke für die Blumen.

Ich halte es nicht mehr aus auf dem Stuhl, springe auf und er fällt um. Mein Kopf reagiert weder auf die ruckartige Bewegung noch auf den Lärm, den der Stuhl verursacht. Die Tabletten wirken. Wenigstens etwas, gebe ich mich genügsam und laufe im Zimmer auf und ab, suche nach weiteren Vorteilen meines jetzigen Zustandes.

Ich kann die nächsten Wochen hier wohnen bleiben und mich neu sortieren. Das ist gut. Nicht jeder hat ein Ferienhaus, das ihm offensteht. Und Hannah und Rainer sind auch noch da.

Vielleicht ist die Sache mit der Feier doch keine schlechte Idee gewesen. Also, wer hat Erfahrung mit einem Catering?

Ingi fällt mir ein. Sie ist gelernte Konditorin und beliefert regelmäßig einen Caterer. Das hat sie zumindest mal erwähnt. Sie kann mir bestimmt ein paar gute Ratschläge geben. Ingi ist meine beste Freundin – noch aus der Grundschulzeit. Was wird sie zu meinem Unglück sagen? Plötzlich kann ich es kaum mehr abwarten, mit ihr zu reden. Sie muss es unbedingt wissen.

Ann und ich haben uns getrennt, übe ich schon mal in Gedanken. Falsch. *Ann hat sich von mir getrennt.* Oh Gott, wie sich das anhört. Ob ich das so ohne Weiteres über die Lippen bringe?

Ich nehme mein Handy zur Hand, stecke es vorsichtshalber ans Netz, denn der Akku schwächelt. Er schwächelte immer, wenn es drauf ankommt. Mein Puls beschleunigt sich, als der Rufaufbau endlich glückt und ich es klingeln höre.

Nimm ab! Bitte nimm ab!, flehe ich in Gedanken. Mir ist zumute, als würde es jetzt erst wahr werden, in dem Moment, in dem ich Ingi davon erzähle. Ich brauche ihre Reaktion. Ich möchte, dass sie es weiß.

»Hallo?«, höre ich Ingis Stimme und atme auf.

»Ingi! Stör ich dich? Hast du kurz Zeit?«, stoße ich hervor.

»Andy, bist du es?«

»Ja. Entschuldige. Ich wollte dich etwas fragen. Ich brauche einen Caterer zu meiner Geburtstagsfeier. Ann hat sich …« Weiter komme ich nicht. Ich hole tief Luft. »Ann hat sich …« Auch der zweite Anlauf misslingt, dann habe ich plötzlich einen Frosch im Hals und fange an zu heulen.

»Was ist passiert?«, fragt Ingi betroffen. Ich registriere die Sorge in ihrer Stimme mit äußerster Dankbarkeit.

»Ann hat sich von mir getrennt.« Ich sage es rasch, damit ich es hinter mir habe.

»Ann und du? Ihr habt euch getrennt?«, wiederholt Ingi. »Wann?«

Sie macht keine Anstalten daran zu zweifeln. Es ist also kein Hirngespinst, kein böser Traum. »Gestern.« Genauer gesagt, gestern Morgen, am Sonntagmorgen beim Frühstück. Aber so genau will sie es sicher nicht wissen.

»Wo bist du?«, fragt Ingi, die jetzt ahnt, dass ich nicht mehr in unserer Wohnung in Reutlingen bin.

»In Neckargemünd, im Gutshaus.« Ingi kennt es von früher. Ich glaube, sie kennt sogar ein paar von der Erbengemeinschaft. Meine Mutter zumindest und meinen Bruder.

»Bist du denn überhaupt an der Reihe?«, fragt Ingi prompt, denn sie weiß auch um unsere rotierende Anwesenheitsregelung.

»Ja, der Monat und der nächste gehören mir. Danach kommt meine Mutter dran.«

»Passt ja super«, höre ich Ingi sagen.

Ich bin sprachlos. Auch wenn ihre Stimme etwas sarkastisch klingt, enttäuscht sie mich. Ist das der ganze Kommentar meiner besten Freundin dazu, dass meine Beziehung nach fünfzehn Jahren in die Binsen gegangen ist?

Ingi räuspert sich. »Entschuldige. War nur so ein Gedanke.« Eine Pause entsteht, bis sie fragt: »Was machst du jetzt?«

»Ich weiß es noch nicht. Ich habe meinem Chef erst mal gesagt, dass ich die nächste Zeit nicht ins Büro komme, ich werde von hier aus arbeiten.«

»Das geht einfach so?«

»Ja, sicher. Ich habe doch Vertrauensarbeitszeit. Ich muss nur erreichbar sein.«

Endlich fragt Ingi das, auf was ich gewartet hatte: »Was ist denn geschehen?«

Jetzt darf ich ihr alles erzählen: dass Ann mich schon seit Monaten betrogen und gestern ganz überraschend Schluss gemacht hat. Punkt. Sicher, wir waren nicht verheiratet, haben auch keine Lebenspartnerschaft begründet, als es die Ehe für alle noch nicht gab, wie andere Frauenpaare. »Wir haben uns geschworen, füreinander da zu sein. Ist das nicht gleichbedeutend wie ein Ja-Wort auf dem Standesamt?«

»Das war es wohl nur für dich.«

Ich überhöre ihren Einwand. »Und dann hat sie gesagt, dass wir ja sowieso bloß eine WG seien. Wir schlafen ja sowieso nur noch selten miteinander. Jetzt hingegen fühle sie sich wieder begehrt und das sei ein wunderschönes Gefühl. Ist das nicht voll scheiße?« An der Stelle fange ich wieder an zu heulen. Ich bringe keinen Ton mehr heraus. Ingi am anderen Ende schweigt. Es ist vielleicht nicht ganz fair, ausgerechnet ihr etwas so Intimes zu erzählen, wo sie doch ihr Leben lang allein geblieben ist.

Aber da habe ich sie wohl unterschätzt. Ingi hat sehr wohl eine Meinung dazu. »Sex ist nur am Anfang der Rausch, da kommst du auch bald an einen Punkt, wo du darüber reden und daran arbeiten musst. Vielleicht ist in ein paar Monaten der Flow schon vorüber und sie steht wieder vor deiner Tür.« Sie klingt unsicher, wie sie es sagt.

»Nein, es ist aus und vorbei. Fünfzehn Jahre, als wäre es nichts.« Ich schlucke. »Vielleicht ist es wirklich meine Schuld. Ich hätte aufmerksamer sein sollen. Im Alltag ist wahrscheinlich zu viel untergegangen.«

»Hm«, macht Ingi am anderen Ende, und ich weiß, sie denkt intensiv nach. »Das klingt für mich an den Haaren herbeigezogen. Natürlich hat Ann ein schlechtes Gewissen, und was ist dann einfacher, als solch einen Grund vorzuschieben? Wäre sie unzufrieden gewesen, hätte sie es dir sagen können. Rechtzeitig, meine ich.«

Ich atme auf. »Ich kapiere es auch nicht. Nach so langer

Zeit, in der ich ihr gut genug war, wenn es um die Finanzierung ihres Lebens ging.« Ich muss mich schnäuzen.

»Ein starkes Stück.« Ingis Abneigung Ann gegenüber ist deutlich hörbar, und ich hätte sie küssen können dafür. Ich bin also nicht allein schuld daran. Jetzt, wo Ingi sich darüber aufregt, weiß ich, dass alles wirklich so geschehen ist.

»Ingi, warum hast du es eigentlich vorgezogen, allein zu bleiben?«, höre ich mich fragen. Wie kann ich nur! Aber dann ist die Frage auch schon gestellt.

Ingi lacht zu meiner Erleichterung und sagt geradezu fröhlich: »Na ja. Nun, einmal war ich vielleicht kurz davor, aber nein, das wäre nichts geworden. Nein, ich war ja zuerst für meinen Vater da, als er krank war, und dann für meine Mutter. Da hätte eine Beziehung gar keinen Platz gehabt. Aber es hat mir auch nie etwas gefehlt. Man kann auch als Single ein erfülltes Leben haben.« Es klingt, als habe sie das schon öfter gesagt.

»Ja, natürlich. Klar«, pflichte ich ihr bei, mit der Gewissheit, dass so ein Leben nichts für mich wäre.

»Und jetzt?«, fragt Ingi. »Was machst du jetzt?«

»Ich feiere meinen Fünfzigsten«, sage ich und lache trocken. »Ganz groß, weißt du, trotz allem. Hier in unserem Ferienhaus.« Und dann komme ich auf meine Frage zurück. »Kannst du mir einen Caterer empfehlen? Kennst du jemanden hier in der Gegend?«

Ingi sagt erst nichts, dann kommt ein zögerliches: »Warum machst du es nicht selbst?«

»Ingi, ich habe, glaube ich zumindest, vierzig oder fünfzig Leute eingeladen! Und ich kann selbst nicht sonderlich gut kochen und schon gar nicht backen.«

»Dann arbeitest du uns zu und hilfst irgendwas anderes. Ist doch okay. Hannah hilft doch auch, oder?«

»Ja, schon …« Mir dämmert, was sie mir da vorschlägt.

»Das stemmen wir auch ohne Caterer. Ich könnte zwei Tage vor deinem Geburtstag bei dir sein. Dann haben wir doch genügend Vorlaufzeit, um das auch allein hinzukriegen.«

Ihr Vorschlag raubt mir die Sprache. Das ist mal eine Ansage! »Wahnsinn«, kriege ich raus und fühle ein warmes Glücksgefühl in mir aufsteigen. Ingi kommt schon zwei Tage vor meiner Feier. Alles wird gut.

»Ich bring Teller, Gläser und Besteck vom Caterer mit, alles, was wir brauchen, da mach dir mal keinen Kopf. Ich pack das Auto voll, wenn ich zu dir runterfahre, okay?«

Ingi fährt ›runter‹ zu mir, schließlich fließt der Neckar von Pliezhausen bis zu mir nach Neckargemünd runter. So gesehen könnte sie sich auch in ein Boot setzen.

»Das wäre eine wunderbare Sache.« Auf Ingi ist immer Verlass – schon immer, egal ob ich Hausaufgaben abschreiben oder Geld leihen musste, ob ich ein Alibi für meine Mutter brauchte, weil ich über Nacht wegbleiben wollte. Ingi ist und war schon immer für mich da.

Und Ingi redet weiter, ist schon am Pläneschmieden. Die Tatsache, dass Ann mich verlassen hat, scheint sie nicht mehr zu beschäftigen, oder flüchten plötzlich alle in Aktionismus?

»Wie viele Gäste hast du eingeladen?«, fragt sie noch mal.

»So genau kann ich das gar nicht mehr sagen. Ich warte mal, wer sich alles meldet. Ich schätze vierzig. Vielleicht.« Der Gedanke macht mir zum ersten Mal keine Angst mehr.

»Gut«, sagt Ingi, »gehen wir pauschal von vierzig aus. Nur, damit ich weiß, wie viele Gedecke ich für uns ordere.«

Sie klingt begeistert. Fast etwas zu sehr. Hey, ich habe mich gestern von Ann getrennt. Hallo? Schon vergessen?

»Bist du noch dran?«, fragt Ingi.

»Ja.«

»Du, ich freu mich wahnsinnig. Ich komm und helfe dir«, sagt Ingi. »Also wäre es gut, ich käme schon am Donnerstag. Was meinst du?«

»Donnerstag wäre super«, sage ich sofort. »Ich brauch dich. Mir wächst das sonst über den Kopf.«

»Also, Donnerstag«, freut sich Ingi. »Ich bin so gegen halb

elf bei dir. Melde dich, wenn dir etwas einfällt, was du noch brauchst. Ich mach mir auch schon mal meine Gedanken.«

»Ja, dann bis morgen, oder übermorgen. Danke, Ingi, du bist wirklich ein Schatz.«

»Tschüss. Bis dann!« Es macht *klick* und sie ist fort. Hm, so richtig betroffen war sie ja nicht gerade. Ich denke darüber nach, auf dem Weg zum Klo. Meine Schritte sind leicht geworden, bemerke ich. Beinahe beschwingt.

Seit meiner Ankunft ist gerade mal ein Tag vergangen und schon fühle ich wieder eine leise Hoffnung in mir aufkeimen. Ich denke daran, wie ich ursprünglich vorgehabt hatte, meinen Fünfzigsten zu feiern. Ann war nie eine Freundin großer Feste, aber einem Event in feierlichem Rahmen im Heidelberger Schloss war sie nie abgeneigt. Also hatte ich fünfzehn Karten für Anatevka gebucht. Ich hatte vorgehabt, meinen Bruder und seine Familie einzuladen, meine Mutter, vielleicht noch die eine oder andere Cousine, eine Tante. Aber nach dem heutigen Stand der Dinge könnte ich auch nach der großen Feier am Samstag meinen engsten Freundeskreis zum Musical einladen, quasi als Dankeschön für die Unterstützung und zum Ausklang eines wunderschönen Wochenendes.

Genau so werde ich es machen. Und noch etwas fällt mir ein: Vor dem Musical werden wir gemeinsam etwas essen. Damit wird das Event perfekt. Jetzt wird geklotzt, nicht gekleckert. Schließlich kann ich mein Geld jetzt wieder für mich allein ausgeben. Ich nehme mein Handy, gebe das historische Backhaus Schloss Heidelberg in die Suchmaschine ein, bekomme die Telefonnummer und reserviere zwei große Tische auf der Terrasse für je acht Personen. Dann könnten mein Bruder und seine Familie und Tante Gundl und Onkel Karl sogar auch noch mitgehen, wenn sie Lust haben.

Ein wirkliches Jetzt-erst-recht-Gefühl überkommt mich.

VIER

Ingi drückt auf die rote Taste, betrachtet noch eine Weile ihr Handy, dann presst sie ihre Lippen herzhaft auf das Display, küsst es hörbar. »Andy braucht mich«, flüstert sie dem schwarzen Ding zu, bevor sie es liebevoll auf den Tisch legt.

Sie springt zum Sofa, schnappt sich ihre dort schlafende Katze und knuddelt sie. Sie muss ihre Freude einfach mit jemandem teilen. Die Katze schnurrt, ihre Fellnase stupst zärtlich in Ingis Gesicht.

»Molly! Andy hat angerufen.« Ingi dreht sich mit Molly im Kreis, tanzt durch das Wohnzimmer. »Sie braucht mich. Wie findest du das?« Die Katze ist keine große Tänzerin. Sie verlangt, auf den Boden gelassen zu werden, und reckt sich ausgiebig.

»Andy ist im Gutshaus und feiert dort Geburtstag! Und ich mach das Catering«, singt Ingi vor sich hin. Glücklich lässt sie sich aufs Sofa fallen. Endlich kann sie mal Andy etwas helfen. Es wäre ein Dankeschön für all das, was sie ihr schon geholfen hat: die Einrichtung eines Internetanschlusses samt Laptop, das Einstellen der Fernsehprogramme, die Antragsstellung für die Pflegeeinstufung ihrer Eltern und etliches mehr. Andy blickt das einfach besser als sie und es macht ihr nichts aus, nach der Arbeit einen kleinen Haken zu schlagen und bei ihr vorbeizusehen. Andy war schon in der Schule die Klügere. Ingi hat immer in ihrem Schatten gestanden, aber das machte nichts, sie war ihre beste Freundin.

Aber jetzt wird sie ihr zeigen, was sie so alles zustande bringen kann.

Der Geschäftsführer des Catering-Unternehmens wohnt in ihrer Nachbarschaft und sie kennt ihn schon lange. Vielleicht wird er ihr die gesamte Ausstattung, die sie benötigt, zu einem vergünstigten Preis oder gar umsonst ausleihen. Sie könnte ihr Auto vollladen bis obenhin – was allerdings bei ihrem kleinen Fiat schnell erreicht ist. Aber egal, es ist nur eine Frage sinnvollen Packens. Etwas anderes macht ihr mehr Sorgen. Die Fahrt von hier bis Neckargemünd streckt sich über zwei Stunden, davon eineinhalb Stunden Autobahn.

Wird sie das schaffen? In letzter Zeit war es ihr kaum möglich, so lange Zeit Auto zu fahren. Genauso wenig, wie sie Aufzug fahren oder in einem vollbesetzten Kino oder Konzertsaal sitzen kann. Es geht einfach nicht mehr – sie bekommt ganz plötzliche Angstzustände. Natürlich hat sie deswegen eine Psychologin aufgesucht und befindet sich seit geraumer Zeit in psychotherapeutischer Behandlung.

Die Frage, die sich ihr als Nächstes stellt, ist: Soll sie Frau Dinkel-Böttcher, ihre Psychotherapeutin, ins Vertrauen ziehen, sie gar um Rat fragen, oder soll sie einfach so für das verlängerte Wochenende verschwinden?

Wann hat das mit diesen Ängsten eigentlich begonnen? Seit dem Tod ihrer Mutter oder schon früher? Irgendwann sind die Panikattacken einfach da gewesen. Vielleicht liegt es aber nur an der Tatsache, dass schon die Hälfte ihres Lebens vorüber ist und sie nichts vorzuweisen hat. Sie lebt immer noch in dem Haus ihrer Mutter, das sie mittlerweile geerbt hat, ist nie weit gereist, hat nie jemanden kennengelernt, mit dem sie eine Familie hätte gründen wollen, hat nichts Besonderes gelernt oder geleistet, wenn man von einer Ausbildung zur Konditorin absieht. Es ist ihr geradezu peinlich gewesen, bei Frau Dinkel-Böttcher, die sie heimlich *Dinkelbrötchen* nennt, bei ihrer ersten Therapiestunde den Vita-Bogen auszufüllen. Spätestens da ist ihr aufgefallen, wie überschaubar ihr Lebenslauf ist. Dabei ist sie immer nach Kräften für andere dagewesen. Natürlich hätte sie auch gerne eine Familie gehabt, aber es hat sich nicht ergeben. Vielleicht ist das Alleinsein der letzten zwei Jahre die Hauptursache für ihre psychischen Probleme, obwohl Frau *Dinkelbrötchen* etwas ganz anderes behauptet. Die sagt nämlich, dass auch ein Single-Leben sehr erfüllt sein kann, und seitdem versucht Ingi, das zu glauben.

Aber jetzt wird sie wieder gebraucht!

Andy hat sich von Ann getrennt!, denkt sie immer wieder fassungslos, ungeachtet der Tatsache, dass es genau andersherum war. Und in zwei Wochen feiert Andy ihren Fünfzigsten. Andy und sie waren ein Jahrgang und haben zusammen die Schulbank gedrückt. Ingis Fünfzigster war schon vor drei Monaten. Sie hat nicht gefeiert, es war ihr nicht danach, es ging ihr nicht gut. Damals hatte ihr Dinkelbrötchen die Hausaufgabe aufgegeben, für ihr erreichtes Alter ein positives Lebensmotto zu finden. Es sollte beginnen mit: *Fünfzig ist ein schönes Alter im Leben einer Frau, weil* … Nach reiflicher Überlegung hat sie eines gefunden: »Fünfzig ist ein schönes Alter im Leben einer Frau. Die größten Fehler sind gemacht und sie hat noch genügend Power, um endlich das Richtige zu tun.«

»Was meinen Sie damit?«, hatte ihre Psychologin gefragt. »Was wäre denn das Richtige für Sie?«

Ingi wusste es wohl, aber sie zuckte nur mit den Schultern. »Keine Ahnung«, log sie. Dabei wartet sie schon so lange auf ihre Chance. Und jetzt bietet sich endlich eine Gelegenheit.

Emsig nimmt Ingi Block und Bleistift zur Hand und schreibt:

1. *Kontakt mit Caterer aufnehmen, Geschirr und alles andere besorgen.* Sie wird morgen zu ihm rübergehen.

2. *Auto von der Werkstatt checken lassen.* Damit es auch in

der Lage sein würde, eine so weite Strecke zu überstehen. Sie ist das letzte Jahr nie mehr als fünfzehn Kilometer am Stück gefahren. Es hat einfach nicht geklappt, ohne dass diese Scheißangst plötzlich da war.

3. *Zum Friseur gehen*. Sie muss so gut aussehen wie noch nie in ihrem Leben. Nach kurzer Überlegung ergänzt sie Punkt drei mit: *und zur Kosmetikerin*.

4. *Neue Klamotten kaufen*. Grund – siehe oben.

5. *Mit Dinkelbrötchen in der nächsten Stunde den Plan besprechen*. Nach einiger Überlegung streicht sie diesen Satz endgültig. Das Risiko, dass Dinkelbrötchen versuchen könnte, ihr das Vorhaben auszureden, ist einfach zu groß. »Setzen Sie sich keine zu großen Ziele, das frustriert nur unnötig. Muten Sie sich nicht mehr zu, als sie umsetzen können«, hört Ingi sie in Gedanken sagen. Nein, das muss sie heimlich machen. Dinkelbrötchen darf es noch nicht einmal ahnen. Sie würde es nicht gutheißen, dass sie sich solch einer Gefahr aussetzt: allein mit dem Auto, und dann auch noch auf der Autobahn. Das schreit förmlich nach einer neuen Panikattacke.

Panikattacken fühlen sich furchtbar an. Jedes Mal bricht ihr der Schweiß aus, und vor lauter Angst ist sie kaum mehr zu einer Bewegung fähig. Manchmal versucht sie sich über die Zeit zu retten, indem sie anfängt zu zählen. Einfach bei eins beginnen und stoisch weiterzählen, bis die Angst weniger wird und sie langsam wieder in der Lage ist, sich zu rühren.

Manchen Film in einem stickigen Kino hat sie so überstanden, manche Fahrt im Aufzug oder im Zug. Einmal hat sie während der Arbeit eine Panikattacke gekriegt, als sie gerade in der Backstube war, um Nachschub zu holen. Im Verkaufsraum waren keine Brezeln mehr gewesen. Vor dem Ofen hat die Angst sie dann plötzlich überkommen, aber sie hat genauso geatmet, wie sie es mit Dinkelbrötchen geübt hat – und es hat funktioniert! Niemand bemerkte etwas davon, nur ihre Chefin mäkelte herum, wo sie denn so lange geblieben sei.

Ingi entscheidet also, ihre Pläne geheim zu halten. Vor lauter Entschlossenheit beißt sie ein kleines Stück ihres Bleistifts ab, spuckt es in einem Reflex auf den Teppich. Wenn das ihre Mutter gesehen hätte. Gut, dass sie schon tot ist. Und Dinkelbrötchen hat ihr genauso wenig etwas vorzuschreiben.

FÜNF

Der Geruch nach altem Holz und Staub schlägt uns entgegen, als wir die beiden Flügel des Scheunentors öffnen. Drinnen sieht es gar nicht so heruntergekommen aus, wie ich befürchtet habe. Wenn man die Gerätschaften erst mal nach draußen räumt, das Gerümpel auseinandersortiert, die schönsten Gegenstände fein herausputzt und sie dekorativ in Szene setzt, kann man hier ganz wunderbar Party machen. Die Scheune bietet Platz für mindestens drei Biertischgarnituren. Es steckt Arbeit in dem Vorhaben, es ist aber nicht unmöglich.

»Das wird gemütlich, du wirst sehen«, meint Hannah an meiner Seite überschwänglich.

Es ist nicht mehr nötig mich aufzubauen. Seit dem Telefonat mit Ingi habe ich wirklich Lust bekommen zu feiern.

»Dann packen wir's an«, sage ich und werfe Hannah einen Blick zu.

Ihr Grinsen zollt mir Anerkennung, und dann krempeln wir uns die Ärmel hoch und packen unser Projekt an. »Erst mal das ganze Zeug raus in den Garten.« Hannah deutet zu dem hölzernen Pflug mit den Pflugscharen, die aussehen, als seien sie von Ur-Großvater mit der Hand geschmiedet worden. Und da steht eine alte Werkbank inklusive Schraubstock, eine Schleifmaschine und noch vieles, dessen Sinn sich mir nicht erschließt.

»Vielleicht sollten wir mal jemanden kommen lassen, der sich mit dem alten Zeug auskennt. Vielleicht hat das sogar noch irgendeinen Wert.«

»Deine Mutter und dein Bruder wollen das nicht.«

»Davon weiß ich gar nichts. Das wurde nie in der Runde der Erbengemeinschaft besprochen.«

»Dann haben sie es eben allein entschieden, aus lauter Angst, jemand würde sich bei so einem Deal eine goldene Nase verdienen und den anderen nichts davon abgeben. Aber so gesehen sind das hier ja alles Erinnerungen an deine Großeltern.«

»Aber die hatten es hier sicher nicht so wie in einer Rumpelkammer.«

Nachdem wir das meiste herausgeräumt und auf dem Rasen abgestellt haben, ergibt sich ein richtig großer und sehr gemütlich wirkender Raum. Der Boden besteht größtenteils aus festgestampfter Erde und die Wände aus grob gehobelten Holzlatten, und irgendwie hat das alles was.

»Sehr, sehr schön«, murmle ich.

»Total stilvoll und urgemütlich, oder?« Hannah stellt sich neben mich, die Arme vor der Brust verschränkt. »Ich würde mal sagen, wir kehren hier die ganzen Schrauben und den Kleinkruscht weg und stauben die Gerätschaften ab. Den Pflug können wir zur Dekoration in den Garten stellen. Der macht sich gut, und auf der Werkbank präsentieren wir das Buffet.« Sie sieht mich an. »Oder was meinst du?«

»Genau so machen wir es.« Stolz überkommt mich. Das wird die beste Party, die jemals hier gefeiert wurde. Auch wenn Ann es nicht mit eigenen Augen sehen wird, sie kennt genügend meiner Gäste, die ihr im Nachhinein davon berichten werden. Und die werden davon erzählen, dass das Ambiente stilecht und sehr gemütlich war, das Essen ganz vorzüglich und überhaupt, dass Andy super drauf gewesen ist. Jawohl, genau das soll man sich über mein Fest erzählen.

MIT DER DEKORATION der Scheune nimmt auch der Speiseplan Gestalt an. Unter der Prämisse ›einfach herstellbar und absolut gelingsicher‹ legen wir uns auf verschiedene Blechkuchen fest, auf Salatbuffet, Würstchen und Leberkäse.

»Das kann ich alles bei mir in der Küche warm machen und dann brauchen wir es nur noch hier rüber zutragen. Salate und Brot stellen wir dazu und jeder kann sich hier bedienen. Kaffee gibt es im Garten, wir leihen uns Stehtischchen und bauen das Kuchenbuffet hier draußen im Schatten der Hauswand auf. Das wäre doch wunderbar. Deine Gäste können im Garten flanieren, Kaffee trinken, Smalltalk halten, sich kennenlernen ...« Hannah muss Luft holen. Sie ist begeistert.

»Beim Aufbau und Vorbereiten hilft uns Rainer. Und Ingi, meine Freundin aus der Grundschulzeit, hat sich auch angekündigt. Sie ist eine Koryphäe in der Küche und meint, wir brauchen keinen Caterer. Das schaffen wir auch so«, werfe ich ein.

Hannah nickt anerkennend. »Recht hat sie. Wir sind zu viert. Da werden wir das Kind schon schaukeln.« Nach kurzer Überlegung sagt sie: »Deine Mutter macht bestimmt auch irgendwas. Die mischt doch sonst auch überall mit.«

»Da könntest du recht haben«, unke ich und ziehe eine Grimasse. Es wäre das erste Mal, dass meine Mutter sich mit dem Rand des Geschehens zufriedengibt.

ES VERGEHEN NUR WENIGE TAGE, die ich mit Arbeit aus meinem improvisierten Homeoffice verbringe, als mich erste Zusagen erreichen: die meisten telefonisch, aber auch schriftlich, per Handy oder Post. Eines haben sie gemeinsam: Alle zeigen sich vollauf begeistert.

»Bis jetzt hat noch kein Einziger abgesagt. Die kommen alle«, wundere ich mich, als ich in Hannahs Küche sitze.

»Mega«, meint Hannah erfreut. In letzter Zeit hat sie sich angewöhnt, alles *mega* zu finden. Das, was mit meinem Fest zu tun hat, sowieso.

»Aber haben die alle nichts anderes zu tun? Manche müssten doch im Urlaub sein oder sich schon anderen Feierlichkeiten versprochen haben, aber nein! Die kommen alle!«

»Weil sie Prioritäten setzen und du es ihnen offenbar wert bist.«

»Danke. Ich habe hier zwei Anfragen ehemaliger Studienkollegen, ob sie ihr Wohnmobil und ihren VW-Camper auf unserem Grundstück parken können. Die kommen wirklich! Ist das nicht süß?«

»Hm«, macht Hannah, »lass dir mal die Maße durchgeben, das könnte eng werden, wenn wir die alle in der Einfahrt stehen lassen. Wenn sie zu groß sind, müssen sie sich an die Straße stellen. Wenn da kein Platz mehr ist, sollen sie eben rüber auf den Campingplatz.«

»Untersteh dich! Die werden an uns keinen Cent verdienen.«

»Du musst es ja nicht zahlen. Und wenn jemand länger bleiben möchte, muss er sowieso nach drüben. Ich hoffe, es erwartet niemand, bei uns im Hof einen Wasser- und Stromanschluss zu bekommen.«

»Strom geht. Das kann man arrangieren«, räume ich ein. »Und zwei oder drei passen in die Einfahrt. So, dass man noch gut daran vorbeikommt.«

EINE WOCHE nach meiner feuchtfröhlichen Nacht mit Hannah und Rainer ziehe ich Bilanz. Es haben nur drei der geladenen Gäste abgesagt, und das mit allergrößtem Bedauern. Dafür haben mehr als drei angefragt, ob sie noch jemanden mitbringen dürfen, und ich schätze, dass manche meiner Freunde das auch tun, ohne es zu erwähnen. Fragen nach vegetarischer, veganer und glutenfreier Kost werden an mich herangetragen und ich notiere mir alle Unverträglichkeiten und Allergien und gewöhne mir an, zu sagen: »Wir bemühen uns.«

»Ich backe auf jeden Fall zwei Bleche Apfelkuchen«, verspricht Hannah, und meine Mutter bietet bereits beim ersten Telefonat an: »Ich backe dir ein Blech Mirabellenkuchen.«

»Schön«, sage ich artig, obwohl ich auf Mutters Versprechen nicht allzu viel gebe. Es ist die gute Absicht, die zählt.

Eine Woche vor dem Fest rufe ich noch einmal bei Ingi an und gebe ihr den neusten Stand der Dinge durch. Es soll das letzte ausführliche Gespräch vor unserem Treffen sein und Ingi macht sich Notizen, während ich mir alles von der Seele rede.

»Also, ich gehe am Samstag von fünfundvierzig Gästen aus. Zwölf bleiben über Nacht, sei es in Wohnmobilen, Campingbussen, im Zelt oder im Haus. Es wird voll werden und ganz sicher turbulent.«

Und dann fällt mir ein, was ich ihr noch sagen wollte: »Du bist am Sonntag mit zum Essen ins Heidelberger Schloss eingeladen und anschließend zu Anatevka, gemeinsam mit dem harten Kern als Dankeschön. Ich habe für uns ein eigenes Schiff gebucht, das uns hinbringt und auch wieder abholt.«

»Waaas? Ins Heidelberger Schloss? Zu Anatevka?« Ingi ist völlig aus dem Häuschen. »Das ist ja wunderbar! Und du lädst alle ein? Weißt du, was dich das kostet?« Ach, Ingi, meine schwäbische Freundin.

»Das sind wir uns wert, Ingi. Außerdem kann ich es mir leisten.«

»Ich freu mich! Oh Gott, ich freu mich schon so.«

Wir wechseln noch ein paar Sätze, dann verabschieden wir uns. »Es wäre super, wenn du am Donnerstagfrüh da sein könntest. Dann schaffen wir das Ganze vielleicht noch, ohne dass ich eine Panikattacke schiebe«, übertreibe ich. So langsam werde ich doch nervös.

Ingi provoziert meine Äußerung nicht zum Lachen, sie sagt völlig ernst:»Ja, natürlich, ich komme so gegen halb elf.«

Ab Donnerstag werden sich also meine Pläne in die Realität umsetzen. Es kann nichts mehr schiefgehen, oder?

SECHS

»Hundertsechsundsiebzig, *Hundertsiebenundsiebzig, Hundertachtundsiebzig, Hundertneunundsiebzig …*«

Das Zittern setzt früher ein als üblich. Die Angst wird übermächtig. Diese scheiß-blöden Raser! Die fahren auf der Autobahn alle wie die Verrückten! Schweiß bricht ihr aus jeder Pore. Ingi atmet zu rasch, zu flach. Ein Glück, dass da ein Rastplatz ist. Er tut sich vor ihr auf wie eine Oase in der Wüste. Sie heult fast vor Erleichterung, fährt sofort rechts ran. Da steht sie nun, und Lkws und Autos donnern im Sekundentakt an ihr vorüber.

Ihre Hände verkrampfen sich um das Lenkrad. Ihr wird schlecht.

Jetzt kann ihr nicht mal mehr Dinkelbrötchen weiterhelfen, die sonst immer für sie da ist, wenn die Panik sie plötzlich überkommt. Abgesehen davon, dass Ingi jetzt nicht mehr in der Lage ist, ihr Handy zu zücken und auf die ganz oben eingespeicherte Nummer zu tippen, wäre das heute keine Lösung gewesen. Ihre Therapeutin hat keine Ahnung von ihrem Abenteuer, hält sich auch nicht im Hintergrund bereit, um ihr telefonisch helfen zu können.

Vor Ingis Augen beginnt es zu flimmern. *Atme langsamer, verdammt! Zweihundertfünfzehn, zweihundertsechzehn …* Das

Blut weicht aus ihrem Gesicht. Wenn das nicht gleich nachlässt, muss sie sich übergeben.

Es klopft an die Fensterscheibe. Die Fahrertür öffnet sich. Eine fremde männliche Stimme fragt: »Kann ich Ihnen helfen? Ist Ihnen nicht gut?«

Ingi antwortete nicht, denn sie ist damit beschäftigt, nach Luft zu schnappen. Sie schüttelt den Kopf.

Nachdem er sie eine Weile beobachtet hat, hört Ingi: »Ich bringe Ihnen eine Tüte, Sie hyperventilieren.«

Ingi nickt dankbar.

Es dauert nur einen Moment, dann kehrt er zurück, mit einer Papiertüte, die sie sich über Nase und Mund stülpt. Sie riecht angenehm nach Brötchen und prompt muss Ingi an Dinkelbrötchen denken. Das ist nun die Strafe dafür, dass sie ihre Therapeutin nicht in ihre Pläne eingeweiht hat.

»Sie müssen langsamer atmen. Ich gebe Ihnen den Rhythmus vor.«

Der Mann muss Arzt sein. Er bleibt neben ihr stehen, legt seine Hand beruhigend auf ihre Schulter, dann zählt auch er. Er beginnt fälschlicherweise bei eins, macht nicht mit zweihundertvierundsechzig weiter. Aber Ingi sagt nichts. Er redet mit ihr, erzählt irgendetwas. Das beruhigt. Nach ein paar Minuten wird ihr leichter zumute, ihre Atmung normalisiert sich. Sie ist erschöpft.

»Danke«, sagt Ingi aus tiefstem Herzen. Sie erkennt ihre eigene Stimme kaum, hüstelt peinlich berührt.

»Wie fühlen Sie sich?«, fragt der Mann.

Ingi sieht in ein glatt rasiertes Gesicht, bemerkt sein braunes, akkurat geschnittenes Haar. Er riecht gut. Er ist sicher Hausarzt oder Internist. Sorge spiegelt sich in seinen Augen. *Dass es so etwas heute noch gibt!* »Danke, sehr gut.« Sie lächelt.

»Haben Sie öfter solche Anfälle?«

»Ab und zu.« *Eigentlich dachte ich, ich wäre sie los. Jetzt, wo mein Leben beginnt, richtig schön zu werden.*

»Sie sind deswegen schon in Behandlung?«, fragt er.

»Ja.«

Er nickt teilnahmsvoll. »Kann ich noch etwas für Sie tun? Sind Sie denn überhaupt in der Lage weiterzufahren?«

»Ja, ja. Wie weit ist es denn bis zur nächsten Abfahrt?«

Sein Mund verzieht sich, als er überlegt. »Schätzungsweise fünf Kilometer.«

»Danke, das krieg ich hin. Sie sind Arzt?«, traut sich Ingi zu fragen.

»Ja.«

»Vielen Dank noch mal. Sie haben mir sehr geholfen. Die vielen Autos haben mir mehr Angst gemacht, als ich angenommen hätte. Ich fahre jetzt langsam weiter und verlasse die Autobahn. Dann wird das schon.« *Hoffe ich zumindest.*

»Muten Sie sich nicht zu viel zu. Machen Sie häufiger eine Pause.«

»Ja, mach ich.«

Ingi verabschiedet sich äußerst dankbar von ihm, dann steigt sie aus. Sie muss aufs Klo. Mit weichen Knien geht sie auf das eklige Edelstahlhaus zu. Solche Art Angebote, um ihren menschlichen Bedürfnissen nachzukommen, schlägt sie normalerweise aus. Aber jetzt muss sie so dringend, und sie nimmt sich vor, die mangelnde Hygiene dort einfach zu ignorieren.

Es ist nicht so schlimm wie erwartet. Es gibt sogar fließend Wasser und der Seifenspender ist voll. Sie wäscht sich Hände und Gesicht, lässt beides nass und kehrt zum Auto zurück. Der freundliche Mann ist mittlerweile weitergefahren. *Dass es so etwas noch gibt!*, wundert sie sich nochmals. Es hinterlässt ein warmes Gefühl in ihr, mildert den Schock, der ihr noch in den Knochen steckt.

Was soll sie jetzt tun? War so eine Panikattacke nicht ein Zeichen des Himmels, dass sie gar nicht die Kraft hat für das, was sie vorhat? Soll sie ihre Pläne abbrechen und Andy absagen? Noch wäre Zeit dazu. Sie könnte vorschieben, plötzlich erkrankt zu sein, oder noch besser: ihr die Wahrheit über sich und ihre Angst sagen. Andy würde es sofort verstehen und sogar darauf pochen, sie abzuholen. Ach, ja, Andy.

Eine Weile versinkt Ingi in ihren Träumereien.

Dann schießt ihr ein Gedanke durch den Kopf: Wie hoch ist eigentlich die Chance, bei einer plötzlich eintretenden Panikattacke mitten auf der Autobahn auf einen Arzt zu stoßen, der ihr dann auch noch bereitwillig hilft? Ingi schätzt die Chance auf 1 zu 100 000 bei der aktuellen Ärztedichte und der gesellschaftlich nachlassenden Bereitschaft zu helfen. Wenn *das* nicht ein Zeichen des Himmels ist! Ausgerechnet sie, die schwächer aufgestellt ist als so manch andere Frau ihres Alters, erfährt sofortige Unterstützung, und nicht zu vergessen: In dem Moment, in dem ihr schlecht wurde, war sofort ein Parkplatz da. Die ganze Welt ist auf ihrer Seite.

Ingi nickt entschlossen. Ja, das trifft es: Es ist das Zeichen zum Durchhalten. »Ingi, du kannst alles, wenn du nur willst. Und jetzt mach dich auf den Weg!«, spricht sie laut vor sich hin, feierlich wie ein Ritter der Tafelrunde.

Entschieden startet sie den Motor, überlegt kurz. Wenn sie jetzt langsam über die Landstraße weiterfährt, kommt sie auch nur eine Stunde später an. Sie wird es mit irgendeiner Nichtigkeit begründen. Verschlafen oder so. Sie würde Andy Bescheid geben, nimmt sie sich vor. Bei der ersten Pause, wenn ihre Ankunft absehbar wäre.

Ingi verlässt die Autobahn an der nächsten Ausfahrt, fährt unbeschadet weiter, schlängelt sich über Bundes- und Landstraßen, gibt sich ihren Gedanken hin.

Gestern Abend noch hatte sie nicht mehr geglaubt, dass ihr so etwas passieren könnte. Voller Vorfreude hatte sie das Auto bepackt, mit allem, was eine Feiergesellschaft von zirka fünfzig Gästen benötigt. Noch heute Morgen hat sie sich darüber amüsiert, dass ihr Auto bei jeder Unebenheit Geräusche von sich gibt. Es raschelt, klingelt oder klirrt vor sich hin. Beinahe wie Weihnachten. Es hat so gut zu ihrem seligen Zustand der Vorfreude gepasst. Nun gut, das Leben ist eben kein Lutscher. Aber das weiß sie längst.

SIEBEN

Ich wandere in Hannahs Küche umher und überlege, was ich tun soll. Hannah hat sich in ihr Arbeitszimmer zurückgezogen und arbeitet an einem Auftrag, der heute noch fertig werden muss. Also lasse ich sie in Ruhe und weiß nicht recht, wie ich mich nützlich machen kann. Hauswirtschaftliche Dinge sind nicht so meins. Und etwas anderes gibt es nicht mehr zu tun. Mit der Scheune bin ich durch, da ist jedes Schräubchen sortiert. Sogar die Bank vor dem Haus habe ich frisch gestrichen und für die Duschkabine habe ich eine Rutschmatte besorgt. Sicher könnte man noch das Scheunentor abschleifen und frisch streichen, aber so eine Renovierung geht mir dann doch zu weit.

Rainer wollte ganz früh kommen, um die Biertischgarnituren und das Zelt vom Getränkehändler zu holen und aufzubauen. Gestern habe ich noch mit ihm telefoniert und er war etwas beleidigt, als ich ihm gesagt habe, dass er im Haus kein Bett mehr bekommt, sondern im Garten sein Zelt aufschlagen müsse. Irgendwie hat er erwartet, als Drahtzieher der Feier und Mann der ersten Stunde stünde ihm ein Platz ganz nah beim Geburtstagskind zu.

»Rainer, ich muss zuerst meine Familie hier im Haus

einquartieren. Meine Mutter ist bald achtzig, und mein Bruder kommt mit Frau und Kindern. Die kriegen natürlich das große Zimmer. Und das hintere Zimmer bekommt Ingi, das habe ich ihr schon versprochen. Schließlich hilft sie mir«, versuchte ich ihm zu erklären.

»Helfe ich dir etwa nicht?«, hatte er schnippisch gefragt und dann nur noch ein lasches »also bis morgen«, verlauten lassen.

Nun sitze ich in Hannahs Küche und warte. Aber er kommt nicht. Mein Handy klingelt. Ein Blick auf das Display lässt meinen Puls augenblicklich in die Höhe schnellen. Meine Ex!

»Ja?«, melde ich mich betont reserviert.

»Hi Andy. Guten Morgen. Ich wollte nur hören, wie es dir geht. Wo bist du? Am Neckar?«

Die letzten fünfzehn Jahre hat Ann mich nicht Andy genannt, sondern mich mit irgendwelchen Kosenamen bedacht. Aus ihrem Mund nun meinen Vornamen zu hören, tut weh. »Willst du jetzt wissen, wie es mir geht, oder wo ich bin?« Ich wollte souverän bleiben, aber es gelingt mir nicht. Mein Herzschlag rauscht mir in den Ohren. Es geht dich einen feuchten Kehricht an, wie es mir geht!

»Hey«, sagt Ann gedehnt, »ich wollte nur kurz mit dir reden, nach deinem überstürzten Aufbruch. Irgendwie mach ich mir trotzdem Sorgen um dich.«

Ein Lachen entschlüpft meiner Kehle. »Um mich? Was du nicht sagst! Wolltest du noch etwas Tiefgreifendes mit mir besprechen, zum Beispiel, dass du mit der anderen ja so viel besseren Sex hast? Wolltest du mich fragen, was du behalten darfst, bevor alles abgeholt wird, was mir gehört?« Es lässt sich nicht aufhalten, mein Frust verschafft sich Raum.

»Irgendwann werden wir darüber reden müssen, wie und wann wir es machen.« Meine Ex versucht, einen neutralen Tonfall zu finden.

»Ich lasse es dich wissen, wenn ich es organisiert habe.

Momentan bin ich mit anderem beschäftigt. Unsere Vermieterin habe ich übrigens verständigt, falls das auch ein Grund sein sollte, warum du mich anrufst.«

»Nein, ist es nicht. Ich habe auch schon mit ihr gesprochen.«

»Ach.«

»Ich soll dich herzlich von ihr grüßen. Es tut ihr leid, dass wir auseinandergegangen sind.«

»Auseinandergegangen sind«, wiederhole ich ihre Worte in genau demselben saublöden Tonfall und lache trocken. »Das klingt so, als sei man völlig machtlos gewesen. So etwas passiert eben, wie einem ein Unfall passiert. Ist deine Neue schon eingezogen?«

»Heidrun? Nein, ist sie nicht. Sie hat selbst eine Wohnung. Wir werden nichts überstürzen.«

Dein Wort in Gottes Ohr. Glaub ich doch nicht, dass die nicht am nächsten Tag mit Sack und Pack vor der Tür stand!

Bilder gehen vor meinem geistigen Auge auf: Die beiden in unserem Doppelbett. Unserem ehemaligen gemeinsamen Doppelbett. Und endlich geht jetzt darin so richtig der Punk ab und sie muss sich nicht mehr über ein unerfülltes Sexleben beschweren. Ich verdränge die Vorstellung.

»Bist du am Neckar?«, fragt Ann nochmals.

»Ja.« Dass sie es nun weiß, ärgert mich.

»Dann ist ja gut. Dann bist du wenigstens nicht allein.«

Mir bleibt die Spucke weg über so viel gutgemeinter Fürsorge.

»Ich denke an deinen Geburtstag. Du wirst immerhin fünfzig. Was hast du vor? Ist Hannah wenigstens da?«

Ich könnte kotzen. »Danke für deine Anteilnahme. Und ja, Hannah ist da. Sie feiert nämlich mit mir zusammen und noch fünfundvierzig anderen Gästen«, platzt es aus mir heraus. »Wir werden es so richtig knallen lassen!«

»Du feierst?«

Das Befremden in Anns Stimme lässt mich innerlich jubeln. »Ja, es wird eine Riesenfete in der Scheune, im Haus, im Garten, und am nächsten Tag gehen wir ins Heidelberger Schloss zum Essen und ich lade meine engsten Freunde ins Musical ein. Also, die, die über Nacht bleiben«, führe ich großkotzig aus. Ich schaffe es, meiner Stimme einen überzeugend euphorischen Klang zu geben.

Stille herrscht am anderen Ende der Leitung. Jetzt muss Ann wohl erst mal schlucken, und sie erinnert sich. »Ah, zu Anatevka.«

»Ja«, sage ich, und grinse böse, weil ihr das so gut gefallen hätte.

»So?«, kommt es von Ann. Nach einer Pause fragt sie: »Stört es dich, wenn ich dich an deinem Geburtstag anrufe? Schließlich möchte ich dir auch gratulieren.«

Da scheiß ich drauf, denke ich, sage aber nur: »Mach, was du willst. Das hast du bisher auch getan.«

Ann holt tief Luft am anderen Ende. »Andy, es tut mir auch leid, dass es so gekommen ist, aber ...«

»Ich habe jetzt keine Zeit für deine Erklärungen, ich habe hier nämlich noch einiges vorzubereiten. So ein Fest stemmt sich nicht von allein. Also mach es gut. Tschüss.« Dann lege ich auf.

Ich habe noch etwas zu tun. Das Echo meiner eigenen Worte fühlt sich großartig an. Ich stecke das Handy weg. Es gibt mir eine gewisse Befriedigung, einen letzten Trumpf ausgespielt zu haben. Die soll bloß nicht denken, ich sei am Boden zerstört. Oh nein, bin ich nicht! Ich fühle trotzdem, wie mein Herz in meiner Brust verzweifelt pocht. Ganz ruhig! Ganz ruhig!, wiederhole ich wie ein Mantra.

Wollte Ingi nicht längst da sein? Hatten wir nicht halb elf ausgemacht? Das ist es jetzt. Mein prüfender Blick sucht die Zufahrtsstraße nach einem kleinen Fiat ab. Ich meine mich daran zu erinnern, dass Ingi so ein Auto hat. Aber da ist keines.

Als sich in der nächsten halben Stunde nichts an diesem Zustand ändert, ist meine Jetzt-erst-recht-Stimmung, mit der ich eben noch bei Ann angegeben habe, schon etwas abgeschwächt.

Mein Handy klingelt wieder. Erfreut atme ich auf, als ich auf das Display sehe. Es ist Ingi. Hoffentlich ist nichts dazwischengekommen!

»Guten Morgen, wo auch immer du bist«, rufe ich fröhlich hinein.

»Oh, sorry, Andy! Ich habe verschlafen. Echt!« Ingi lacht.

Es beruhigt mich, enttäuscht mich aber auch ein bisschen. Nimmt sie das Ganze doch nicht so wichtig, wie ich angenommen habe?

»Aber macht nichts, in einer knappen Stunde bin ich da.«

»Ist schon okay. Ich warte«, sage ich, als könnte ich etwas anderes tun als das. Wir wollen zusammen einkaufen gehen. Der Getränkehändler und der Metzger machen jedoch Mittagspause. Das könnte knapp werden. Ich beschwere mich aber nicht.

»Also, bis gleich. Ich beeil mich«, flötet Ingi.

»Ja, bis gleich.«

Wieder schaue ich aus dem Fenster. Wenn Rainer nicht bald aufschlägt, können wir das Zelt auch erst heute Nachmittag abholen, und ob wir es dann schaffen, es bis zum Abend aufzubauen, ist fraglich. Das ist ein mächtig großes Teil, so ein Partyzelt, und ich hoffe, das Wetter macht uns keinen Strich durch die Rechnung. Der Himmel zieht sich zu.

Ich gehe an meinen Laptop und checke die eingegangenen Mails.

Nach einer Dreiviertelstunde werde ich unruhig, trete vor die Tür, blicke mich um, mit einer Mischung aus Ärger und Hoffnung. Es hat sich zwar ein kleiner Fiat in unsere Straße verirrt, aber die Frau, die aussteigt, kenne ich nicht, sicher möchte sie nur zum Campingplatz. Enttäuscht wende ich mich ab, sehe auf meine Armbanduhr. Mittlerweile ist es halb zwölf.

»Andy!«, ruft jemand.

Die Frau rennt auf mich zu. Ich schaue sie an. Raspelkurze

graue Haare. Wirklich attraktiv. Ihre Art, sich zu bewegen, kenne ich.

»Ingi, du?«, frage ich ungläubig. Als ich sie das letzte Mal gesehen habe, vor drei Monaten, hatte sie noch braunes, schulterlanges Haar.

Sie fällt mir um den Hals. Augenblicklich verzeihe ich ihr jegliche Verspätung.

»Entschuldige«, hauchte sie außer Atem, »ich bin zu spät. Aber mach dir keine Sorgen, die verlorene Zeit holen wir locker wieder rein.« Sie schiebt mich etwas von sich, sieht mich an, strahlt und umarmt mich noch einmal ganz fest. »Gut siehst du aus. Aber das tust du ja immer!«

»Find ich auch«, stammle ich. »Seit wann hast du graue Haare? Hammergeil!«

»Gefällt es dir? Echt?« Ingi lacht. Ein Lachen wie immer, so aus tiefstem Bauch – es steckt an. »Das muss ich meiner Friseurin sagen. Es war ihre Idee, jetzt endlich zu meinen grauen Haaren zu stehen und, damit man den Übergang nicht mehr sieht, mein braun gefärbtes abzuschneiden.«

»Du hattest deine Haare gefärbt?«

»Ja klar. Sonst wäre ich doch mit dreißig völlig grau durch die Gegend gelaufen. Hast du das nie bemerkt?«

»Nein. Aber du hättest dir schon viel früher eine Kurzhaarfrisur schneiden lassen können. Es steht dir ausgezeichnet.«

»Wirklich?« Ihre Hand legte sich für einen Moment auf meinen Arm.

Es wäre der richtige Zeitpunkt, mir nun ein paar Worte von Freundin zu Freundin zu sagen, wie zum Beispiel: *Es tut mir wirklich leid, das mit dir und Ann.* Aber von ihr kommt nichts. Und eigentlich bin ich dankbar dafür.

»Kannst du dein Auto hier reinstellen?«, frage ich. »Park doch direkt vor dem Schuppen, dann können wir leichter ausladen.«

Ingi tut es, lässt den Kofferraumdeckel aufschnappen und steigt aus. Ihr Hals reckt sich und sie betrachtet ehrfürchtig die Fassade. »Es ist ja schon ein wunderschönes Haus, das du von deinem Großvater geerbt hast.«

Ich lache auf. »Ja, ich und noch fünf andere. Es wird immer schwieriger, sich mit allen zu einigen, wenn irgendetwas ansteht.«

Ingi hört meine Kritik gar nicht. »Und hier darfst du den ganzen Sommer über sein?«

»Fast. Ich bin noch diesen und nächsten Monat dran, danach kommt meine Mutter. Aber das heißt ja nicht, dass ich dann das Haus verlassen muss. Mutter ist nicht gerne allein hier. Außerdem fährt sie nicht mehr selbst und genießt es sehr, von mir überallhin gefahren zu werden.«

Ingi zieht eine Grimasse. »Das kann ich mir vorstellen.«

Sie öffnet den Kofferraum, lädt eine Tasche und einen Rucksack aus, den ich ihr abnehme. »Den Rest holen wir später«, sage ich. »Ich wollte noch vor der Mittagspause einkaufen gehen, bevor Rainer mit dem Zelt kommt.«

»Aber ich kann schon noch kurz auf Toilette gehen und mich frisch machen, bevor wir losdüsen?«, fragte Ingi und zieht mit gutmütigem Spott eine Augenbraue hoch.

Natürlich hat sie meine Nervosität bemerkt. »Sorry. Klar. Wir bringen erst mal dein Gepäck rein und ich zeig dir dein Zimmer. Das wäre vielleicht höflicher.«

Ingi nimmt die kleine Reisetasche und folgt mir.

Ich gehe voraus durch die linke Haustür, die Treppe empor, die unter der Last aufstöhnt. Ich zeige nach rechts.

»Du weißt ja, hier sind das Esszimmer und die Küche, und der Flur führt zu den drei Schlafzimmern. Ich habe dir das Zimmer gegenüber dem Bad zugeteilt. Ist das okay?«

Wir betreten ihr Zimmer und ich stelle den Rucksack auf den Boden.

»Oh, wie schön.« Ingi betrachtet bewundernd die alten Holzdielen, den weiß gestrichenen Putz, die freigelegten Balken.

Ihre aufrichtige Freude tut mir gut. »Neben dir habe ich

meine Mutter einquartiert, und das letzte und größte Zimmer ist für meinen Bruder und seine Familie.«

»Dann pack ich mal nur das Gröbste aus und geh kurz ins Bad.«

»Mach das. Du findest mich im Esszimmer.«

ACHT

KEIN WUNDER, dass Andy sich so rasch zurückgezogen hat!, denkt Ingi. *Durch die Badezimmertür kann man alles sehen! Intimsphäre scheint hier ein Fremdwort zu sein.* Sie starrt auf die Tür. Der Einsatz der stilgerechten Landhaustür besteht aus klarem, glattem Glas – kein bisschen strukturiert oder satiniert. Wahrscheinlich war die Originalscheibe kaputt und wurde durch die nächstbeste Fensterscheibe ersetzt. Jeder, der im Flur vorübergeht, kann nun erkennen, wer gerade auf dem Klo hockt oder nackt vor dem Waschbecken steht.

Rasch eilt sie ins Zimmer zurück, sucht das größte Handtuch aus der Reisetasche und verhängt damit notdürftig die Tür. Da sind bereits zwei Haken in das Türfutter geschraubt, die zu ebensolchem Tun einladen. Sie scheint also nicht die Erste zu sein, die sich mit einem Stück Tuch behilft.

Sie sieht sich um, als sie auf der Toilette sitzt. Es gibt ein Dachfenster zum Lüften, das ist gut. Gerne hätte sie sich ausgiebig geduscht, denn die Panikattacke im Auto ist nicht ohne Folgen geblieben. Angstschweiß riecht furchtbar. Sie hat auch nur gewagt, Andy zu umarmen, weil sie zuvor ihre Jacke übergezogen hat. Rasch wäscht sie sich, trägt frisches Deo auf und gönnt sich einen kurzen Moment, in dem sie genussvoll den frischen Zitrusduft inhaliert. Sie schlüpft in ein frisches Shirt und zieht sich eine leichte Fleecejacke drüber und ist somit für alles gerüstet, was heute auf dem Plan steht.

Das Schlimmste hat sie bereits überstanden: ihre eigene Angst. Was könnte jetzt noch passieren? Die kommenden Tage werden etwas ganz Besonderes. Der Gedanke, Andys Fünfzigsten zu planen und umzusetzen, lässt Wärme in ihr aufkommen. Sie wird an vorderster Front mit dabei sein.

Ingi sieht wunderschöne Tage auf sich zukommen. Voll Tatendrang geht sie rüber ins Esszimmer.

~

ALS INGI SICH NÄHERT, sehe ich auf. Die knarzenden Dielen verraten ihr Kommen. Wieder fällt mir ihre veränderte Ausstrahlung auf. »Echt, du siehst so toll aus!«

Ingi setzt sich lächelnd zu mir. »Ach. Das sagst du mir auffallend oft. Wie habe ich denn vorher ausgesehen? Langweilig?«

»Nein, das nicht, aber alltäglicher«, sage ich mit einem Anflug von Verlegenheit. »Jetzt siehst du geradezu extravagant aus, wie eine Künstlerin. Stell dich mit einer Malerstaffel an den Neckar, jeder würde es dir abnehmen.« Wir lachen beide.

»Fangen wir an?«, frage ich und nehme meinen Block zur Hand.

»Habt ihr schon einen Essensplan zusammengestellt, Hannah und du?«

»Ja, das meiste steht. Wir machen nur ganz einfache Sachen, die auf jeden Fall gelingen.« Und dann lese ich ihr die Liste unserer Vorschläge vor.

Ingi lauscht mit konzentriertem Gesicht. Ab und zu nickt sie ein bisschen. Mehr Begeisterung zeigt sie nicht.

»Meinst du, das ist zu simpel für einen Fünfzigsten? Nur so Salate und Leberkäse?«, frage ich verunsichert.

»Mhm«, macht sie, und ich weiß, dass sie genau das

denkt. »Ich würde eure Liste noch etwas ergänzen. Wir sind zu dritt und haben zwei Tage Vorlauf, da kriegen wir auch noch was anderes gebacken. Ich habe mir bei meinem Nachbarn ein paar Ideen geholt, nicht aufwendig, aber die geben echt was her. Sind denn keine Vegetarier unter deinen Gästen? Was machst du mit denen?«

Ich schlage mir mit der Hand gegen die Stirn. »Die hab ich ganz vergessen! Natürlich sind Vegetarier dabei. Drei sogar. Und einer mit einer Glutenunverträglichkeit.«

»Gut, dann schauen wir mal, was wir denen machen.« Ingi kaut auf ihrer Unterlippe und ergänzt einiges auf meinem Blatt.

Es macht mich unruhig ihr zuzusehen. »Meinst du, wir schaffen es noch vor der Mittagspause einzukaufen?«

Ingi schüttelt den Kopf. »Was die Besorgungen für dein Fest angeht, da muss ich erst noch einen genauen Plan machen. Aber das, was wir für uns brauchen, das können wir besorgen. Machen wir uns Würstchen am Feuer heute Abend? Hättest du Lust?«

»Wenn wir Zeit dazu haben.« Das letzte Mal, als wir Würstchen am Feuer gegrillt haben, ist über zwanzig Jahre her. Ich grinse etwas gequält.

Ingi sieht mich prüfend an. »Entspann dich. Wir haben erst Donnerstag.«

»Und noch kein Zelt aufgebaut und noch keine Scheune dekoriert …«, beginne ich und ende abrupt, weil ihr Blick mir ein weiteres Lamentieren verbietet.

»Das reicht locker«, entscheidet Ingi. »Wir sind sogar zu viert. Rainer kommt doch auch gleich.«

Ingi ist so herrlich pragmatisch und ich merke, wie ich mich genau danach gesehnt habe. Ich klammere mich an ihre entspannte Art, ihre Erfahrung, schließlich hat sie die letzten fünfzehn Jahre für ihre Mutter gekocht und den Haushalt geführt, ihre Gäste bewirtet, ihre Geburtstage organisiert. Ingis Hoheitsgebiet ist unbestritten die Küche, während ich Zeit meines Lebens immer nur die Notfall-Köchin gewesen bin. »Okay, ganz wie du meinst«, sage ich, und es fühlt sich gut an, das Kommando jemandem zu übergeben.

»Wo ist Hannah? Besprechen sollten wir das zusammen.«

»Hannah hat gerade keine Zeit. Sie muss einen Auftrag zu Ende bringen. Sie arbeitet doch als freie Grafikerin. Aber sie sagt, wir können sie einteilen, sie macht alles mit. Kein Problem.« Wenn Hannah das sagt, dann stimmt das auch. Sie kann backen, kochen, dekorieren. Sie ist ein Allroundtalent.

»Gut, dann gehen wir jetzt mal einkaufen. Ich habe nämlich bald Kohldampf, du nicht?«, fragt Ingi.

»Und wie!« Wir gehen zu meinem Kombi, der in der Einfahrt steht. Längst befinden sich alle Taschen und Klappboxen, die das Haus zu bieten hat, in meinem Kofferraum.

Ingi lässt sich auf den Beifahrersitz fallen. »Schön, wenn man nicht selbst fahren muss«, seufzt sie.

»Du fährst nicht mehr gerne? Seit wann?«, frage ich und starte den Motor.

»In letzter Zeit versuche ich ganz ohne Auto auszukommen. Eigentlich bin ich am liebsten mit dem Fahrrad unterwegs.«

»Aus Umweltschutzgründen?«

»Na ja, auch«, druckst Ingi herum. »Es macht mir keinen Spaß mehr zu fahren, bei dem vielen Verkehr heutzutage.«

Betreten sehe ich sie an. »Danke, dass du trotzdem hergefahren bist. Ich wüsste nicht, wie ich das alles ohne dich schaffen sollte. Ich glaube, ich wäre mittlerweile panisch.«

Ingi lächelt bescheiden. Irgendwie sieht sie jünger aus seit unserem letzten Aufeinandertreffen, oder ich komme mir plötzlich sehr viel älter vor.

»Das mach ich doch unheimlich gerne, außerdem finde ich die Idee mit deiner Feier echt klasse, trotz …« Sie macht eine hilflose Geste. Ich kenne sie gut genug, um zu wissen, wann ihr etwas unangenehm ist. Etwas an der Tatsache, dass Ann und ich nicht mehr zusammen sind, ist ihr peinlich.

»Wie lange ist deine Mutter jetzt schon tot?«, frage ich, um das Thema in andere Gefilde zu lenken. Ihre Mutter fehlt ihr sicher, und das Gefühl, von jemandem gebraucht zu werden. Ob sie jetzt endlich offen für eine Beziehung ist? Denn ich unterstelle ihr nach wie vor, gar keine Zeit für einen Partner gehabt zu haben. Da waren immer ihre Eltern an erster Stelle.

»Seit zwei Jahren«, sagte Ingi und unterbricht meine Gedanken.

»Was? Das ist schon wieder zwei Jahre her? Mein Gott, wie die Zeit vergeht!« Wir sind beim Metzger angekommen und außer unserem Auto steht keines auf dem Parkplatz.

Wir betreten das Fleischereifachgeschäft mit einer vagen Vorstellung, was wir benötigen. Fleischkäse zum Aufbacken für Samstag, diverse Wurst- und Rauchfleischplatten für das Buffet, die wir bestellen wollen, Aufschnitt fürs Frühstück, Würstchen zum Grillen, und Ingi möchte mal anfragen wegen eines Krustenbratens.

»Magst du Schinken?«, fragt Ingi, als sie das Angebot hinter der Glasscheibe betrachtet. »Zum Frühstück oder zum Abendessen? Gekochten oder geräucherten?«

»Gar keinen«, sage ich. »So gut solltest du mich eigentlich kennen.«

»Ich steh auch eher auf Käse«, sagt Ingi.

Eine Frau betritt den Laden. »Grüß Gott!«, ruft sie dem Metzgermeister zu und marschiert zur Theke mit dem Fleisch. »Was haste denn heute anzubieten? Hast du einen gut abgehangenen Rostbraten da?«

Der Metzgermeister macht keinerlei Anstalten, Ingi und mich zuerst zu bedienen und lässt sich auf ein Gespräch mit der Kundin ein, in dem sie darüber fachsimpeln, wie lange man einen Rostbraten abhängen lassen muss, damit er richtig gut schmeckt. Das geht so ein paarmal hin und her, ein paar Witze von Metzgers Seite, ein amüsiertes Lachen von der Kundin, bis sie endlich ihr Päckchen über die Theke gereicht bekommt und mit einem überschwänglichen Gruß wieder verschwindet.

Ingi und ich stehen immer noch so da wie vor ein paar Minuten. Wir sehen uns an. Sie zuckt nur mit den Achseln, und so verkneife auch ich mir die Bemerkung, dass wir eigentlich zuerst da waren und die Bekanntschaft zum Firmeninhaber meiner Meinung nach kein Grund ist, sich vorzudrängeln.

»So, die Damen haben sich entschieden?«, wendet er sich an uns.

»Das haben wir, seit wir den Laden betreten haben«, kann ich mir nicht verkneifen zu sagen. Ingi nimmt mir das Wort aus dem Mund.

»Wir benötigen Leberkäse für ungefähr vierzig Personen.«

»Zum Selbstaufbacken?«, fragt er sofort nach, vermutlich dankbar dafür, dass er auf mein Genörgel nicht eingehen muss.

»Ja.«

Er überlegt. »Bis wann?«

»Samstag«, sagt Ingi.

»Ja, kein Thema. Das können Sie sich Samstagfrüh abholen, oder wir bringen es vorbei. Kommt noch was dazu?«

Ingi kauft Aufschnitt und lässt ihn sich portionsweise einschweißen. Sie findet zu meiner Freude auch ein dickes Stück Krustenbraten, den sie immer ganz vorzüglich zubereitet. In Gedanken sehe ich schon eine dicke Scheibe auf meinem Teller liegen, zusammen mit dem Kartoffelsalat, den sie mir versprochen hat. Die beiden fachsimpeln ebenso miteinander wie die Kundin zuvor und als letztes fragt Ingi: »Bei wie viel Grad backe ich den Leberkäse denn am besten auf?«

»Die Backanleitung steht auf dem Kassenzettel drauf. So machen wir das mit all unseren Produkten, die über die Theke gehen.«

»Ah, das ist mal eine gute Idee. Danke schön!« Ingi scheint äußerst zufrieden zu sein und wir verlassen das Geschäft.

»Er hätte uns vor ihr drannehmen müssen«, bemerke ich der Ordnung halber.

Ingi schweigt. Erst als sie wieder neben mir sitzt und sich

anschnallt, fragt sie nach: »Das ärgert dich jetzt nicht wirklich, oder?«

»Ich kann es nicht leiden, wenn jemand sich vordrängelt, dabei bin ich wirklich nicht zu übersehen.«

»Ich hätte angenommen, du stehst da drüber.«

»Tu ich nicht. Bloß weil er sie gut kannte und uns nicht. Sind wir deswegen Kunden zweiter Klasse?«

»Man merkt, dass du dein Geld noch nie im Dienstleistungsbereich verdienen musstest, so etwas passiert doch andauernd. Da müsste ich mich ja den ganzen Tag über aufregen.«

Ich denke einen Augenblick über ihre Äußerung nach, mache schon den Mund auf, um etwas zu antworten, als Ingi nachlegt: »Das Leben ist nicht immer gerecht und irgendwann muss man in sich gehen und überlegen, wovon man sich nerven lassen will und wovon nicht. Es schmälert sonst die Lebensqualität. Meinst du nicht?«

So eine Ansage hätte ich ihr nie zugetraut.

»Hatten wir irgendeinen Nachteil davon, dass sie vor uns drankam?« Ingi sieht mich an. Ihre Augenbrauen sind ironisch in die Höhe gezogen. »Außer der Tatsache vielleicht, dass wir zwei Minuten später aus dem Laden kamen? Haben wir irgendetwas, was wir einkaufen wollten, nicht bekommen, weil sie es uns weggekauft hat?«

»Nein, natürlich nicht …«, gebe ich zu.

»Genau. Wir leben im Überfluss, haben keinen Krieg, keine Hungersnot und leben in einem der reichsten Industriestaaten der Welt.«

Für eine, die über Tirol und den Strand von Bibione noch nicht hinausgekommen ist, schaut Ingi überraschend weit über den Tellerrand. »Hast du auch wieder recht«, sage ich.

»Warum ärgerst du dich überhaupt darüber? Du hast doch wirklich alles im Leben erreicht. Du hast einen Wahnsinnsjob, in dem du fünfmal so viel verdienst wie ich und dir vermutlich nicht ein Viertel so viel gefallen lassen musst wie ich, du hast Geld für Reisen und alles, was das Leben schön und angenehm macht. Du hattest bis vor Kurzem noch eine gut funktionierende Partnerschaft. Und nur, weil die jetzt zu Ende ist, wirst du doch nicht kleinlich werden?«

»Nein, ich glaube nicht. Ich hoffe es zumindest. Sag mal, bist du nur gekommen, um mir die Leviten zu lesen?«

»Nein, ich bin gekommen, weil du meine beste Freundin bist und ich dir helfen will. Du bist die Frau, die ich dafür bewundere, wie intelligent und großzügig sie ist.« Sie grinst plötzlich.

Wenn ich geglaubt habe, Ingi äußert sich nicht zu meiner Trennung von Ann, habe ich mich getäuscht. Sie bemitleidet mich deswegen nicht, sondern hält mich in der Spur. Und vielleicht ist es genau das, was ich brauche. Trotzdem ist es wie ein Reflex, als ich versuche, recht zu haben. »Es geht mir ums Prinzip. Ich denke schon, dass man lernen muss, sich in unserer Gesellschaft durchzusetzen und sich nicht übervorteilen zu lassen.«

»Übervorteilen?« Ingi zieht eine Grimasse.

»Meine Mutter hat mir schon von Kindheit an eingetrichtert, mir nichts gefallen zu lassen«, erinnere ich mich, und es fühlt sich an wie ein ganz schweres Gewicht in der Waagschale meiner Argumentation.

»Ach, deine Mutter! Komisch, warum wundert mich das jetzt nicht?« Ingi verdreht die Augen.

»Hat sie nicht trotzdem recht, abgesehen von ihrem ganz speziellen Charakter? Also, nur so ganz allgemein.«

»Nicht jetzt.« Demonstrativ sieht Ingi auf ihre Armbanduhr. »Lass uns heute Abend noch über das Leben und deine Mutter philosophieren.«

»Genau, das werden wir tun«, nehme ich ihren Vorschlag an. Es klingt wie eine Kampfansage, die Ingi nur die Schulter zucken lässt.

»Mach hinne. Du wolltest das mit den Getränken noch vor der Mittagspause erledigt haben!«

Es sind nur ein paar Hundert Meter zum Getränkehändler. Wir ordern so viele Kisten auf Kommission, dass es für ein halbes Schützenfest ausreichen würde, und ich zahle schon mal die Leihgebühr für das Partyzelt, das Rainer zu meiner Freude kurz zuvor abgeholt hat. Danach geht es ins Einkaufszentrum. Ingis Worte arbeiten in mir. Als wir später ausgerechnet an der Schlange stehen, die nicht kürzer werden will, sage ich keinen einzigen Ton und ärgere mich wirklich nicht mehr.

Ingi hat ja recht. Ich habe keinen Grund, über das Leben zu jammern. Ich sollte viel mehr den Blick drauf halten, was bei mir ganz wunderbar läuft.

Zum ersten Mal beschleicht mich die Gewissheit, über die Sache mit Ann hinwegzukommen.

NEUN

ALS WIR ALLES erledigt haben und ich in die Straße zum Campingplatz und zum Schiffsanleger einbiege, sticht mir Rainers Kastenwagen mit dem Anhänger ins Auge, der in unserer Einfahrt steht.

»Die sind schon am Auspacken«, freue ich mich, als ich Rainer samt Freund erspähe. »Und er hat Jochen auch gleich mitgebracht. Jetzt geht's aber los!«

»Siehst du? Die ganze Welt meint es gut mit dir«, reibt mir Ingi unter die Nase.

»Ha, ha«, sage ich nur.

Wir räumen die Einkäufe ins Haus und verstauen so viel wie möglich im Kühlschrank. Das, was nicht mehr hineinpasst und unbedingt gekühlt werden muss, wandert zu Hannah, den Rest tragen wir in den Gewölbekeller. Auch hier ist es frisch genug, um Dauerwurst, eingeschweißten Käse und Brot zu lagern. Im Eck entdecke ich den Bierkasten aus der besagten Schicksalsnacht, die das Ganze hier ausgelöst hat, nehme die letzten vier Flaschen raus und trete mit Ingi in den Garten.

»Boah, das ist ja ein richtiger Park geworden!«, staunt sie. »Wer hat denn die Beete angelegt und den Rasen so gepflegt? Macht das alles Hannah?«

»Ja. Das Grundstück hat seit ihrer Anwesenheit sehr dazu gewonnen. Wie lange warst du schon nicht mehr da?«

»Schon 'ne Weile her. Zwanzig Jahre vielleicht?«

Ich rechne nach. »Ach was! Mehr! Es war auf unserer Studienfete, als wir endlich unser Diplom in der Tasche hatten.«

Wir beobachten die beiden Männer, die dabei sind, Stangen aus schwerem Metall zu sortieren. Ein Aufbauplan mit detaillierten Bildern liegt vor ihnen auf dem Rasen.

»Und klappt es?«, erkundige ich mich lautstark, weil ich weiß, dass Rainer sich darüber ärgert.

»Hallo Jochen!« Ich küsse Rainers festen Freund auf beide Wangen. »Was für eine fantastische Idee, dich gleich mitzubringen. Hast du wegen mir Urlaub genommen?«

»Na ja«, drückt er sich um eine Antwort. »Ich hatte doch so viele Überstunden.«

»Die baust du ab? Wegen mir?« Ich lege ihm die Hand auf die Schulter. »Danke, dass ihr beide da seid. Ingi und ich haben uns schon um etwas Proviant gekümmert. Kennt ihr euch eigentlich schon?«, frage ich Ingi.

Nachdem Ingi mit Jochen ein paar Worte gewechselt hat, sagt Rainer ganz wichtig: »Macht ihr beiden Frauen noch eine kurze Pause und gebt uns noch fünfzehn Minuten, dann könnt ihr helfen.«

»Wir müssen sowieso noch mein Auto ausladen«, erinnert mich Ingi. Also machen wir uns an die Arbeit.

Die Container mit den sauberen Gläsern und dem Geschirr verstauen wir in der Scheune. Alle sind verplombt und erinnern mich daran, dass Ingi Auslagen gehabt hat.

»Was bekommst du?«

Ingi winkt ab. »Es zahlt sich aus, Beziehungen zu haben. Er will nichts dafür.«

»So, wie ich dich kenne, machst du es auf andere Weise wieder gut.«

Ingi lacht. »Das kann natürlich sein.«

Nach getaner Arbeit setzen wir uns auf die Bank unter

den Rosenbüschen in den Halbschatten. Ich öffne uns endlich zwei Flaschen Bier, und Ingi zieht wieder ihren Notizblock aus der Tasche. Ich wundere mich über das zufriedene Gefühl, das sich in mir ausbreitet und auch nicht mehr von mir weicht. Ich weiß, alle meine Freunde nehmen sich Zeit für mich und mein Fest und der Gedanke hat etwas sehr Rührendes. Ich habe noch Anns Stimme in den Ohren: »Bitte keine große Jubiläumsveranstaltung! Lass uns lieber vornehm essen gehen an deinem Geburtstag.« Damals habe ich ihr zugestimmt, so wie ich eigentlich sehr vielem zugestimmt habe, was Ann vorschlug. Jetzt feiere ich dafür umso mehr: eine große Party an meinem Geburtstag, ein vornehmes Essen am Sonntag darauf, anschließend ein Besuch im Musical. Jede, wie sie es verdient, oder?

Zufrieden mit mir und der Welt gehe ich mit Ingi Punkt für Punkt alle Essensevents durch, von Freitagabend, wenn die ersten aufschlagen, bis Sonntagabend zum Ausklang nach dem Musical. Da kommt einiges zusammen.

Sie schreibt dazu, was sie benötigt, schaut im Kühlschrank nach, was da ist. Das ist nicht viel, und so wird die Liste rasch länger.

»Es gibt keine Kühltruhe im Keller, oder so?«

»Nein, nur den Gewölbekeller.«

»Gut, bringen wir die Kuchen und den Vorrat dann dorthin.«

Ingi erweitert den Speiseplan für die Vegetarier um Grünkernfrikadellen und einen Polenta-Maronenbraten. »Alles ganz grundständig, und die Leute nehmen sich, auf was sie Lust haben. Wir drapieren beides auf Salatblätter, das sieht dann sehr schön aus.« Ingi hat alles schon vor ihrem inneren Auge und wird immer begeisterter. »Das kommt super auf der alten Werkbank. Habt ihr die Scheune schon geschmückt?«

»Ja, sie ist hergerichtet zum Feiern. Ich habe Lichterketten angebracht und Ketten mit Glühbirnen. Ich hoffe, es haut uns nicht die Sicherung aus dem Kasten.«

»Hihi«, lacht Ingi. Hat die eine Ahnung von unseren alten Stromleitungen. »So, was brauchen wir sonst noch?«

»Wie, sonst noch?«

»Für Sonntag zum Frühstück, Mittag- und Abendessen?«

»Wir brunchen, dann geht's ins Musical und dann ist Schluss.«

»Nach dem Musical gibt es nichts mehr? So auf den Nachhauseweg?«

»Nein.«

»Gut, dann nur für uns. Was wollen wir als harter Kern noch zu Abend essen?«

»Die Reste?«

Ingi sieht von ihrer Liste auf. »Ich mach uns einen großen Topf Gulaschsuppe.«

Ich grinse breit. Sie gefällt mir immer besser, meine spießige Feier im Garten mit Leberkäse und Bier und allen, die mir etwas bedeuteten – und ohne Ann.

Rainer ruft zu uns rüber. »Wo möchtest du den Eingang hinhaben?« Die Jungs haben mittlerweile alle Stangen sortiert und Jochen liest die Anleitung laut vor: »Als Erstes suchen Sie eine ebene Fläche und planen Sie die Ausrichtung des Zeltes.«

»Eine ebene Fläche habt ihr schon mal gefunden, Kompliment«, bringt Ingi sich ein. Wir lachen beide.

»Also wohin und wie?«, fragt Rainer, als müsse er uns die Anleitung zum leichteren Verständnis übersetzen.

Es gibt nur eine Möglichkeit: Die Öffnung des Zeltes muss natürlich zur Scheuer hin ausgerichtet sein. Das Buffet steht in der Scheune und niemand sollte beim Versuch, sich etwas zu Essen zu holen, über Zeltschnüre stolpern.

»Gut.« Jochen nickt und liest weiter: »Legen Sie die Einzelteile so auf den Boden, wie Sie sie nachher zusammenstecken. Achten Sie dabei auf die Kennzeichnung. Die einzelnen Aufbauteile sind mit Nummern und Buchstaben versehen.«

Und dann versuchen die Männer die Logik der Zahlen

und Nummern zu begreifen und ich kann nicht anders. Ich lache und lache und weiß nicht, wann ich mich das letzte Mal so amüsiert habe. Ich komme mir vor wie bei einer Ausstrahlung von Dick und Doof. Slapstick-Humor pur.

Als ich nicht mehr kann, sage ich: »So, Jungs, jetzt lasst uns mal ran!« Ich nehme den letzten Schluck aus meiner Flasche und Ingi folgt mir.

»Hier«, sage ich und halte Jochen eine der Firststangen hin, weil ich schon aus der Ferne den Plan begriffen habe, »die musst du mit dem Stück hier verbinden und dann das gleiche noch einmal. Und das hier sind die Querverstrebungen und nicht die Pfosten.« Ich zeige es den beiden auf dem Plan. »Steht doch alles hier, ganz übersichtlich aufgezeichnet.« Ich schlucke weitere hämische Kommentare hinunter, schließlich habe ich nicht vor, meine helfenden Engel zu verstimmen. Die beiden akzeptieren es, ab sofort auf mein Kommando zu hören, und nach zehn Minuten haben wir den Dachstuhl zusammengesteckt.

»So, und jetzt die Pfosten«, sagt Rainer.

»Erst die Dachplane drauf, sonst kriegen wir das nachher nicht mehr hin«, werfe ich ein.

»Ah, klar.« Rainer nickt, als wäre das eben auch sein Gedanke gewesen. Nach weiteren fünfzehn Minuten ist auch das geschehen, die Pfosten sind ordnungsgemäß verbunden und mit Querverstrebungen fixiert. Wir ziehen die Plane herunter und binden sie fest.

»Jetzt nur noch die Abspannseile, dann haben wir es geschafft!«, sagt Jochen und reibt sich seinen Rücken. »Sieht klasse aus, was?« Bewundernd stehen wir alle vier davor.

Wirklich, es ist ein Zelt der Oberklasse. Es wirkt sehr wohnlich in seinem Naturweiß mit der gelben Zierborte am Dachfirst und passt wunderbar zum Haus. Für einen Moment überlege ich, ob man es nicht einfach für immer stehen lassen soll. Oder zumindest über den Sommer. Man hätte so jederzeit die Möglichkeit zu einer Gartenparty und es böte den jungen Gästen, denen das Haus nicht abenteuerlich genug ist, die Möglichkeit zum Übernachten. Aber ich verwerfe den Gedanken rasch wieder. So lange bin ich nicht hier. Und mit einem Mal ist meine größte Sorge wieder da: Wie wird es nach meinem Fest mit mir weitergehen? Wo werde ich wohnen? Ich sollte mich nach einer Wohnung umsehen. Ich könnte auch einen Makler einschalten und mir eine kaufen. Das Geld für eine Anzahlung habe ich zusammengespart. Ich werde mich darum kümmern, sobald mein Fest vorüber ist, nehme ich mir vor. So lange räume ich mir eine Gnadenfrist ein. Alles auf einmal geht nicht.

»Pause!«, rufe ich. Jetzt ist es Kaffeezeit und im Garten staut sich die Hitze des Sommertages. Mein Magen meldet sich mit einem lauten Knurren.

Wie auf ein Stichwort öffnet Hannah das Fenster. »Wow! Das sieht ja super aus! Wollt ihr Kaffee?« Sie hält eine Kanne hoch. Natürlich sagt niemand Nein und sie reicht uns vier Tassen raus und eine Packung Kekse gegen den größten Hunger. »Ich komme auch gleich. Ich muss erst noch den Biskuitboden aus dem Ofen holen.«

Dankbar nehme ich zur Kenntnis, dass sie schon am Backen ist. Aber sagte sie nicht etwas von Blechkuchen? War ein Biskuit nicht etwas anderes? Ich beschließe, mich da nicht einzumischen, denn mittlerweile weiß ich, ich habe es mit zwei Vollprofis zu tun.

»Ist dein Auftrag schon fertig?«, frage ich.

»Sicher, und es ist ein fantastischer Entwurf geworden. Ich bin echt zufrieden.«

Natürlich bin ich längst von Hannahs kreativem Talent überzeugt. Sie ist einfach gut.

Zu viert setzen wir uns ins Gras, mitten in die Sonne. Ingi bringt noch den Marmorkuchen, den wir gerade gekauft haben, und wir machen ein kleines Picknick auf einer bunt karierten Decke. Es hat etwas sehr Idyllisches.

Mein Handy läutet. Meine Mutter: »Ich komme dann Freitag ganz früh mit dem ersten Zug«, kündigt sie mir an. »Damit ich dir unter die Arme greifen kann.«

»Das ist nett, Mutter. Aber es läuft hier ganz gut. Es reicht auch, wenn du erst am Samstag …«

»Wie willst du denn mit all dem fertig werden? Du kannst weder kochen noch backen. Wie viele Gäste kommen? Vierzig? Ach ja, und deine Freundin hat sich von dir getrennt, habe ich gehört? Ihre Schwester ist in unserem örtlichen Bücherei-Gremium, da bleibt nichts geheim.« Sie hat es noch nie geschafft, Ann bei ihrem Namen zu nennen. Für sie war sie immer meine Freundin, und jetzt rege ich mich auch nicht mehr darüber auf. Meine Mutter lacht komischerweise, und ich bin mir nicht sicher, ob es an der Tatsache liegt, dass sich auf dem Dorf alles so rasch herumspricht, oder daran, dass sie Ann endlich los ist. »Aber dir geht's gut?«, fragt sie. Sie gibt mir keine Chance, zu antworten, sondern liefert die Antwort selbst. »Natürlich, sonst würdest du ja nicht so groß feiern. Das Leben geht weiter. Hannah kann dich ja ein bisschen trösten. Hilft sie dir denn auch? Beim Fest, meine ich.«

Ich weiß nicht, warum ich ihr gegenüber immer wieder in einen höflich-unverbindlichen Modus schalte. Eigentlich hätte ich gerne gefragt, ob es in Hannahs Mietvertrag steht, sich neben Haus und Garten auch noch um das Seelenheil der Erben zu kümmern, aber so sage ich nur: »Ja. Und Rainer mit seinem Freund Jochen helfen auch, und natürlich Ingi. Du weißt schon, meine Grundschulfreundin.«

»Ach was! Noch aus Pliezhausen? Das ist ja lustig. Und die kommt und unterstützt dich? Arbeitet die denn nichts?«

Das Befremden in ihrer Stimme stört mich. »Natürlich arbeitet sie, aber sie hat wegen mir Urlaub genommen.« Das stimmt nicht ganz, aber so kann ich das stehen lassen.

Mutter redet weiter: »Also, dann bis morgen. Soll ich noch etwas Besonderes mitbringen? Ach nein, es ist sowieso mein halber Hausstand in der Ferienküche.« Sie lacht wieder, diesmal sehr gönnerhaft. »Alles, was ich brauche: Backbleche, Rührgerät … Ach, und eingekauft hast du bis dahin ja wohl. Also, Mehl und Zucker, Milch, Eier. Hast du genügend im Haus?«

»Ja«, versichere ich ihr.

»Und ich brauche eine helle Konfitüre, Aprikose wäre mir am liebsten, die streiche ich dann über den Mirabellenkuchen, dann glänzt der so schön, und ...«

»Ja, Mutter, es ist alles da. Bis morgen dann«, sage ich, weil ich mir die schöne Stimmung bei uns im Garten nicht völlig kaputtreden lassen möchte, und lege auf.

Ich schaue zu den anderen, deren Blicke alle schon auf mich gerichtet sind. Lese ich da noch Interesse oder schon Mitleid in ihren Augen?

»Deine Mutter kommt auch«, ergreift Jochen freundlich das Wort. Hätte Ingi dieselbe Frage gestellt, hätte man sicher deutlicher herausgehört: *Wäre das nicht vermeidbar gewesen?* Ingi mag sie nicht sonderlich.

»Sie macht auch einen Kuchen?«, fragt Rainer.

»Ja, Mirabellenkuchen.« Ich halte die Kanne hoch. »Möchte noch jemand Kaffee?«

ZEHN

RAINER UND JOCHEN brechen noch einmal auf und holen sechs Biertischgarnituren, und wir bauen vier im Zelt und zwei in der Scheune auf. Das bietet ausreichend Platz für alle und man behindert sich nicht gegenseitig.

»Wunderschön!«, stelle ich andächtig fest, als Hannah und Ingi die Gerätschaften aus der Scheune dekorativ anordnen.

»Morgen kaufen wir noch ein paar Girlanden.« Ingis Augen leuchten voller Eifer.

»Jawoll. Morgen kommt die Haute Couture der Dekoration«, sagt Hannah und man sieht ihr an, dass sie noch ganz bestimmte Ideen umsetzen möchte.

So langsam wird es mir jetzt zu heiß. »Wer hat Lust auf eine kleine Abkühlung? Gehen wir eine Runde kneippen, oder wollt ihr rüber ins Terrassenfreibad?«

Ingi findet kneippen ausreichend, Hannah ist auch nicht abgeneigt. Die Herren der Schöpfung hätten sowieso keine Badehose dabei, Schwimmen im Freibad kommt also nicht infrage.

»Wenn es dir nur darum geht. Du könntest kurz in den Neckar springen. Das ist zwar nicht das beste Wasser, aber es ist hier gesundheitlich unbedenklich«, kläre ich ihn auf.

»Lieber nicht«, meint Jochen.

Hannah entscheidet für uns. »Ich hol uns Handtücher und ihr geht schon mal nach hinten zum Kneippbecken. Wenn euch das nicht erfrischend genug ist, legt euch rein, das mache ich auch manchmal.« Sie verschwindet im Haus.

»Da können wir gleich unser Zelt mit nach hinten nehmen«, meint Rainer.

»Sollen wir was tragen helfen?«, fragt Ingi.

Wir sollen. Und so bringen wir Zelt, Rucksäcke und alle möglichen Taschen in den hinteren Teil des Gartens.

»Dass du immer noch eine Bikinifigur hast, ist ungerecht«, stellt Ingi neidvoll fest, als ich aus meiner Hose schlüpfe, weil sich die Hosenbeine nicht so weit hochkrempeln lassen.

»Irgendwas muss ich ja auch haben«, antworte ich und finde ihren drallen Körper, der schon immer mehr rundlicher als schlank war, sehr reizend. Er hat etwas so Ehrliches und Herzliches an sich. Wie Ingi eben ist. Zu zweit steigen wir in das Becken, das von einer Quelle ständig mit Frischwasser versorgt wird und durch ein Rohr in den Neckar abfließt. Die Jungs folgen.

»Boah, ist das kalt«, sagt Jochen und hebt beim Gehen die Füße wie ein Storch aus dem Wasser.

Es läuft sich angenehm auf dem Schieferuntergrund.

Ingi lässt das Thema nicht los. »Warum nimmst du dann eigentlich nicht zu? Du bist jetzt fünfzig und siehst immer noch aus wie mit zwanzig.«

»Keine Ahnung. Veranlagung? Meine Mutter ist ja auch noch schlank.«

Ingi bleibt plötzlich stehen, dreht sich um ihre eigene Achse. »Wahnsinn. Das ist herrlich hier! Ihr habt ein Paradies.«

Auch die Jungs stimmen zu. Es ist eine kleine heile Welt für uns allein.

Ich gehe weiter im Kreis. Als meine Füße kalt werden, setze ich mich an den Rand, ziehe die Knie an, blicke in den wolkenverhangenen Himmel mit tiefblauen Flecken. Ich atme den Geruch des Wassers, höre Stimmen vom Campingplatz gegenüber. Aus Heidelberg kommt ein Freizeitschiff angefahren.

»Ja, es hat schon was. Aber zum Urlaubmachen wäre es mir hier zu voll, da ist mir Skandinavien lieber.«

Rainer gibt mir recht und eine Weile schwärmen wir vom hohen Norden.

»Warst du schon mal in Schweden oder Norwegen?«, fragt Rainer Ingi.

»Ha, ha«, kommt es von ihr. »Wir waren immer nur in Italien. In Bibione. Am Teutonengrill.«

Rainer und Jochen lachen.

Ich weiß. Daran kann ich mich gut erinnern. Auf überfüllten Campingplätzen. Ingi hat sich jedes Jahr in den Sommerferien darüber beschwert, dass ihre Eltern mit ihr in kein Hotel gingen.

Auch die Jungs sehen betroffen aus, und Rainer sieht mich beinahe vorwurfsvoll an. Ich stelle mir vor, wie es wäre, mit Ingi in einem See in Schweden oder Finnland zu schwimmen. Das würde ihr sicher gefallen. Ich muss ja nicht immer nur mit meiner Mutter in den Urlaub fahren. Das habe ich sowieso satt. Warum mache ich es trotzdem immer wieder?

Als wir uns genügend abgekühlt haben, lassen wir unsere Füße an der Luft trocknen.

Ich deute in Richtung unserer Feuerstelle: ein gemauerter Kreis mit einem schwenkbaren Rost. »Hier können wir unsere Würstchen grillen.«

»Oh ja. Grillen wir heute Abend?«, fragt Ingi.

»Wenn das Wetter hält«, sagt Jochen. Er zückt sein Handy und ruft seine Wetter-App auf, schüttelt den Kopf. »Regen ab neunzehn Uhr.«

»Dann grillen wir eben morgen. Aufgeschoben ist nicht aufgehoben«, tröste ich sie. Eigentlich könnte man jetzt die Gartenliegen herausholen und noch ein bisschen verweilen, aber Ingi und Hannah möchten mit den Vorbereitungen anfangen, und so machen wir uns alle nützlich. Wir verschönern die Biertischgarnituren mit Einmaltischdecken. Und dann wird es Zeit, mich um die Tischdekoration zu kümmern. Ich hatte dazu schon die schönsten Holzscheite vorbereitet, die ich jetzt mit Löchern versehe, um schöne Gräser und Blumen hineinstecken zu können. Jochen erweist sich als sehr talentierter Dekorateur und gemeinsam haben wir bis zum Abend richtig ausgefallene Ergebnisse vorzuweisen.

Irgendwann zieht sich der Himmel völlig zu und es wird ungemütlich kühl.

Wir stellen alles ins Partyzelt und machen die Plane dicht.

ELF

AM ABEND SETZEN wir uns in die Scheune, entzünden Kerzen und stecken die Lichtergirlande ein, die ich Tage zuvor schon angebracht habe. Das hat etwas Urgemütliches und ich bin sehr stolz darauf. »Wie wäre es mit Pizza?«, schlage ich vor. Ich brauch jetzt endlich etwas Deftiges zwischen die Zähne.

Niemand hindert mich daran, als ich telefonisch zwei Partypizzen bestelle, eine mit Salami und eine mit Ananas und Schinken, auf die Rainer so abfährt. Dazu noch zwei Flaschen Lambrusco. »Ich bin dafür, wir beginnen jetzt schon mal mit dem Feiern, wer weiß, was noch alles auf uns zukommt.«

Es war nur so dahingesagt, aber dann denke ich an das Telefonat mit meiner Mutter. Mir wird bewusst, dass ich den heutigen Abend mit meinen Freunden noch genießen möchte. Ganz ohne Verwandte, ohne meine Mutter.

Als wir uns über zwei große Pizzen hermachen, kommen wir noch einmal auf meine Mutter zu sprechen. »Ist es jetzt gut oder schlecht, seine Kinder dazu zu erziehen, sich in unserer Gesellschaft durchzusetzen?« Wir bringen die beiden Jungs und Hannah rasch auf den Stand der Dinge, erzählen von unserem kleinen Disput beim Einkaufen. Nun ja, nicht mit dem ganzen Inhalt, sondern mehr allgemein. Ingi möchte mich nicht allzu sehr beschämen, was ich ihr hoch anrechne. Sofort ist eine rege Unterhaltung im Gange.

»Natürlich bringe ich meiner Tochter bei, sich nichts gefallen zu lassen«, meint Hannah. »Aber das hat natürlich seine Grenzen. Im Kindergarten und in der Schule muss sie lernen, sich einzuordnen.«

»Darum geht es nicht«, erklärt Ingi. »Es geht nicht um das Lernen sozialer Fähigkeiten. Es geht darum, ob wir uns in unserem luxuriösen und bequemen Leben, das wir im Hinblick auf Drittweltländer haben, überhaupt das Recht herausnehmen dürfen, uns wegen Kleinigkeiten zu beschweren.«

»Du meinst, wir lassen uns wegen Kleinigkeiten das Leben vermiesen und könnten eigentlich froh und glücklich sein mit dem, was wir haben?« Jochen ist nun am Überlegen. Als wir schon etliche Stücke Pizza vertilgt haben und die zweite Flasche Lambrusco öffnen, tendieren wir immer mehr dazu, dass wir es doch sehr gut haben und es kaum einen Grund zur Beschwerde gibt. Abgesehen von der zunehmenden Schere der Gesellschaft und der anwachsenden sozialen Ungerechtigkeit. Aber zwei Minuten Wartezeit beim Metzger sind kein Grund, sich die Laune vermasseln zu lassen. Ich werde allgemein abgewatscht, weil es ja doch durchsickert, weswegen Ingi und ich uns gestritten haben.

»Warum sollte es nicht auch im Kleinen gerecht ablaufen? Meine Mutter hatte es mir immer vorgelebt, und sie hätte sich auf jeden Fall beschwert, wenn man sich an ihr vorbeigedrängelt hätte«, lege ich nun meine Karten ganz offen auf den Tisch.

»Das liegt mehr an dem besonderen Charakter deiner Mutter, die immer Sorge hat, zu kurz zu kommen, und weniger daran, dass es ihr um Gerechtigkeit geht«, platzt Ingi heraus. Ich merke ihr den Alkoholkonsum an. In nüchternem Zustand hätte sie mir das so nie gesagt.

Ihr heftiges Contra lässt die anderen schweigen.

Ich suche in Gedanken nach etwas, womit ich ihre Hypothese widerlegen kann, finde aber nichts. Ingi ist ziemlich dicht an der Wahrheit. Meine Mutter hat ein geradezu zwanghaftes Bedürfnis nach Beachtung.

»Ist doch wahr«, sagt Ingi entschuldigend. »Dir hat sie nie die Aufmerksamkeit zukommen lassen, die sie selbst für sich beansprucht. Dich hat sie noch nicht einmal gefragt, was du im Leben wolltest. Sie hat dir zeitlebens alles vorgeschrieben. Weißt du noch, was das für ein Kampf war, als du aufs Technische Gymnasium gegangen bist und nicht aufs Humanistische?«

»Ja, ich weiß.«

»Aber du warst doch schon immer technisch begabt. Du warst die Beste in Mathe und Naturwissenschaften. War doch klar, dass du aufs Technische Gymnasium gehst. Du hast dich zwar durchgesetzt, aber nur mit schlechtem Gewissen.«

Ja, stimmt. So war das damals.

»Und wie war das mit deinem Studium? Wirtschaftsingenieurswesen! Deine Mutter wäre fast gestorben. Sie wollte eine Lehrerin als Tochter. Und wie, als du ihr gesagt hattest, dass du eine Freundin hast und keinen Freund?« Ingi redet sich in Rage. »Aber dann dir beibringen, dass andere es böse mit dir meinen, wenn sie zwei Minuten vor dir drankommen.«

Die Stimmung am Tisch hat sich gedreht. Rainer und Jochen sind peinlich berührt.

»Konntest du deiner Mutter überhaupt jemals etwas recht machen?«, fragt Ingi. Es klingt, als wolle sie das Thema abschließen.

»Hm«, überlege ich. Mir fällt doch wirklich nichts ein, wo Mutter mich einmal gelobt hätte oder mit mir wenigstens vollauf zufrieden war. »Wenn wir zusammen auf Reisen sind. Da war sie schon immer sehr dankbar.« Das ist aber wirklich eine Ausnahmesituation.

Ingi hält auch so nicht viel von meinem Argument. »Ja, weil du auch alles für sie machst: Organisation, Buchung, Reisebegleitung. Ohne dich käme sie nicht so in der Welt herum, oder meinst du, dein Bruder würde sich so etwas zumuten?«

Kein Alkohol mehr für Ingi, entscheide ich im Stillen und stelle zufrieden fest, dass beide Flaschen bereits leer sind. »Mein Bruder hat Familie«, sage ich.

Sicher sind die Reisen mit Mutter kein Honigschlecken. Ich bin Anstandsdame und Gesellschafterin in einem, wenn man das Wort Pflegerin vermeiden möchte. Ich bin immer diejenige, die es plant, während Mutter sich das Recht herausnimmt, zu kritisieren. Die Zugfahrt nach Machu Picchu war leider nicht erster Klasse, das Essen auf der Nilkreuzfahrt so schlecht, dass es ihr Durchfall verursacht hat, und die Mahuts in Thailand haben ihr verboten, auf dem Elefanten zu reiten. Ich habe lang und breit versucht, ihr zu erklären, dass das Reiten auf Elefanten meiner Meinung nach Tierquälerei ist und wir hier in einem alternativen Park sind, in dem man die Tiere nur besichtigen darf. Sie hat mich groß angesehen und gemeint: »Und warum hast du uns dann keinen Tagesauflug dorthin gebucht, wo man noch auf den Tieren reiten darf? Daran ist schließlich noch kein Tier gestorben.«

Ich habe damals lange mit ihr über Lebensbedingungen von Tieren und deren Haltern diskutiert, es aber in dem Moment aufgegeben, in dem ich erkannte, dass sie den Enkeln schon ein Bild versprochen hatte, auf dem die Oma auf einem Elefanten sitzt. Also habe ich ihr das nachträglich noch organisiert, bin aber an dem Tag nicht mitgegangen. Sie hatte genügend andere gleichgesinnte Senioren in dem kleinen Ausflugsbus. Als sie zurückkam, haben ihre Augen geleuchtet und nach unserem Urlaub hat sie diesen Tag als den schönsten bezeichnet.

Zwei bis drei Wochen im Jahr opfere ich ihr von meinem Jahresurlaub, damit meine Mutter dank meiner Begleitung ihrer Leidenschaft für exklusive Reisen frönen kann. Jedes Mal versichert sie mir, mir dafür äußerst dankbar zu sein. Und jedes Mal glaube ich es ihr. Nur, die Dankbarkeit hält nie lange an und bald ist wieder alles beim Alten und sie mäkelt an mir herum.

»Du lässt dich von ihr immer noch herumkommandieren«, behauptet Ingi steif und fest.

»Nein, das stimmt nicht. Ich habe lediglich gelernt, mich mit ihrem Altersstarrsinn zu arrangieren«, widerspreche ich.

Hannah versucht, die Wogen zu glätten. »Deine Mutter hat aber auch einen sehr durchsetzungsstarken Charakter.«

»War sie schon immer so?«, bringt Jochen sich ein. Er fühlt sich etwas unwohl, wenn zwei Frauen so miteinander streiten.

Ingis Blick sagt: *Ja, sie war schon immer so.* Aber sie sagt es nicht. Sie überlässt es mir.

»Meine Mutter kann immer noch recht dominant sein, um es einmal so auszudrücken«, sage ich so neutral wie möglich.

»Obwohl man es ihr nicht auf den ersten Blick ansieht«, ergänzt Ingi.

»Ich glaube, du konntest sie noch nie leiden«, sage ich zu Ingi und setze damit ein Schlusswort. Unsere Blicke tauchen ineinander, und dann lachen wir beide. Erleichtert nimmt Jochen sich noch ein Stück Pizza.

Plötzlich klopft es lautstark gegen das Scheunentor.

Ich zucke zusammen. »Wer ist das denn?«

»Waren wir etwa zu laut?«, flüstert Hannah. Die unmittelbare Nachbarschaft zum Campingplatz erweist sich immer wieder als problematisch. Seit die Erbengemeinschaft das Kaufanliegen des Betreibers abgelehnt hatte, scheint der nur noch nach Gründen zu suchen, um sich über uns zu beschweren.

Hannah sitzt dem Tor am nächsten. Sie steht auf und öffnet.

»Ah, das seid ihr! Hallooo!«, ruft mein Bruder Bernd erfreut.

Jetzt schon?, erschrecke ich. Da drängen auch schon zwei kleine Jungs zu uns herein.

»Was macht ihr in der Scheune?«, fragt Kevin neugierig.

Er ist der ältere Sohn meines Bruders. Sein Blick bleibt an unserer Pizza hängen. »Papa, krieg ich auch Pizza?«

»Hallo Kevin«, begrüße ich ihn und mein Blick schweift bereits zum Rest der Familie hinüber. Mein Bruder ist Mitte vierzig. Die Liebe zu seiner jungen Sekretärin bescherte ihm ein spätes Familienglück. »Wie kommt's, dass ihr heute schon da seid?« Ich kann mich noch nicht so recht freuen, meine Einladung galt eigentlich erst ab übermorgen.

Meine Schwägerin Conny tritt zu mir, deutet eine Umarmung an. Es geht nicht richtig, denn sie hat Sarah-Luise auf dem Arm, ihre Jüngste, gerade mal sechs Monate alt. »Andy! Du Arme!«, sagt sie theatralisch.

Ich muss sehr verdutzt aussehen, denn mein Bruder erklärt mir ganz wichtig: »Mutter hat uns angerufen und uns mitgeteilt, dass du und Ann euch getrennt habt. Nun, auf jeden Fall hat sie gemeint, es könnte nicht schaden, wenn wir etwas früher kämen, um dich aufzuheitern.«

»Mich aufzuheitern?«, wiederhole ich. Dazu hätte es seiner Gegenwart nicht bedurft.

»Krieg ich auch Pizza, Papa?«, quengelt Kevin wieder und ich überhöre es auch zum zweiten Mal konsequent.

»Jetzt sag doch Tante Andrea erst mal Hallo«, bemerkt mein Bruder.

»Hallo Tante Andrea.« Kevin reicht mir seine lasche Patschehand. Das hätte nicht sein müssen. Trotzdem nehme ich sie entgegen und schüttle sie. Sie fühlt sich klebrig an.

Bruce, Bernds zweiter Sohn, tobt bereits um unseren Tisch. »Brrrrrow«, macht er. Unsere gemütliche Scheunen-Aura ist zerstört. »Ich will auch Pizza«, schreit er.

»Du hättest vorher anrufen können, wenn ihr schon früher kommt als ausgemacht«, sage ich.

Bernd sieht mich enttäuscht an. »Mutter hat gesagt ...«

»Das sagtest du schon«, unterbreche ich ihn. Seit wann entscheidet das meine Mutter? Ich habe ihn, Conny und die Kinder erst auf Samstag eingeladen. Gerne würde ich ihm das genau so unter vier Augen sagen. Wir sind hier noch am Arbeiten. Er kann nicht einfach mit seiner gesamten Familie hier aufschlagen. Nicht mit so kleinen Kindern, die alle noch beaufsichtigt werden müssen. Aber dazu ist es jetzt zu spät.

Jochen bietet den Kindern die Reste der Pizza an. Sein Lächeln ist dabei so liebevoll, dass es mir wehtut. »Wenn ihr noch etwas davon haben wollt«, meint er, ohne es mit uns vorher abgesprochen zu haben. Ich selbst bin zwar davon überzeugt, dass wir die vier Stücke auch noch bezwungen hätten, aber so sage ich: »Ihr müsst euch selbst einen Teller holen. Du weißt ja, wo welche sind.«

»Ach, Teller brauchen wir nicht. So ein Pizzastück kann man doch aus der Hand essen. Wir sind nicht anspruchsvoll.« Mit den Worten reicht er seinen Kindern den Karton und beide langen zu.

»Setzt euch hin«, sagt meine Schwägerin. »Man rennt nicht mit Essen in der Hand durch die Gegend.«

Wir rücken zusammen auf der Biertischgarnitur, jetzt wird es eng. Die Unterhaltung geht etwas schleppend und gerade so lange, wie die Jungs brauchen, um die restliche Pizza zu verdrücken.

»Gehst du die Sachen aus dem Auto holen, oder soll ich dir helfen?«, fragt meine Schwägerin ihren Mann. Sie klingt enttäuscht. Wahrscheinlich, weil ich mich nicht so überschäumend über ihr Erscheinen freue, wie sie es erwartet haben, oder einfach nur deswegen, weil sie mich nicht in der Leidensrolle vorfinden, die ihnen meine Mutter beschrieben hat.

Bernd übernimmt das Wort. »Okay, dann raus jetzt, Kinder.« Sein Blick richtet sich wieder auf mich. »Wir beziehen dann schon mal unser Zimmer. Welches hattest du denn für uns angedacht? Das größte doch, oder?«

»Ja.«

Als sie verschwunden sind, ziehe ich demonstrativ die Tür wieder zu. Man hört die Kinder von draußen maulen. »Papa, warum dürfen wir nicht in der Scheune spielen?« Es wird immer leiser, dann hört man jemanden die Treppen hinauftrampeln. Es klingt wie eine Elefantenherde.

Wir sehen uns an. Rainer sagt schlicht: »Nun ja, jetzt sind sie hier. Da müssen wir durch.«

Ich liebe ihn dafür. Und alle anderen auch, die mir jetzt aufbauende Blicke schenken. Wir stoßen miteinander an, wenn auch bedeutend leiser als noch kurz davor.

Jochen lächelt entschuldigend. »Ich hoffe, ihr hattet keinen Hunger mehr. Oder hätte noch jemand ein Stück gewollt?«

»Ist schon okay«, sage ich.

Hannah schüttelt den Kopf. »Wir haben doch ganz klar für Samstag eingeladen, ab 17:00 Uhr!«

»Aber wenn Mutter ihm doch sagt, er soll kommen und mich aufbauen! Hast du doch gehört«, sage ich und verdrehe die Augen.

»Das ist ihm aber auch wirklich gelungen, was?« Ingi lacht und die anderen steigen mit ein.

Und morgen kommt meine Mutter. Ich werde das Gefühl nicht los, sie hat Bernd nur deshalb früher herbestellt, weil sie mehr Zeit mit ihren Enkeln verbringen will und nicht etwa wegen mir und meiner Gemütsverfassung. Das war doch nur ein ganz billiger Vorwand, den Bernd allzu bereitwillig übernommen hat.

Ich nehme gerne die Flasche Bier, die Rainer mir hinhält. Ich trinke zu viel, aber ich habe das Gefühl, ich muss mir die gemütliche Stimmung zurückerobern. Wenn mein Geburtstag vorüber ist, werde ich ein halbes Jahr abstinent leben, nehme ich mir vor.

Als wir spät in der Nacht bettschwer die Treppen nach oben steigen, schlafen mein Bruder und seine Familie bereits. Sein Schnarchen dringt durch die Tür.

»Ich hoffe, du hörst es nicht in dem hinteren Zimmer«, sage ich zu Ingi, die neben mir herschleicht und jetzt leise kichert.

»Ich mach die Tür zu, keine Sorge. Gute Nacht.«

»Nacht, Ingi.« Unsere Hände finden sich für einen kurzen

Moment, in dem sich unsere Finger ineinander verhaken. Sie lösen sich wieder voneinander und ich steige eine Etage höher, putze flüchtig die Zähne, gehe aufs Klo und falle ins Bett.

Ganz egal, was morgen und übermorgen auf mich zukommt, das mit den vieren heute Abend war schon mal eine richtig schöne Feier.

ZWÖLF

INGI DRÖHNT DER KOPF. Vom Alkohol oder vom Lärm weiß sie nicht auf Anhieb, als Kindergeschrei sie weckt.

Die Badezimmertür knallt, und das nicht nur einmal. Ingi glaubt zu wissen, wer damals die Tür demoliert und wer sie so unprofessionell repariert hat.

»Bruce!«, hört sie Andys Schwägerin. »Komm jetzt sofort her und lass dir deine Strümpfe anziehen.«

Ingi drückt sich das Kissen aufs Ohr und stöhnt leise. Warum, um alles in der Welt, müssen die schon hier sein? Der gestrige Abend kehrt in ihr Gedächtnis zurück. Ein warmes Gefühl überkommt sie, versöhnt sie mit dem jähen Gewecktwerden.

Schwere Schritte polterten die Treppen hoch. »Andy«, hört sie. Und noch einmal, diesmal lauter: »Aaandy! Da ist ein Wohnmobil angekommen und die fragen, wo sie parken können.«

Mit der Gewissheit, dass es definitiv nichts mehr mit Schlaf werden wird, steht Ingi auf, lugt vorsichtig aus der Tür. Vielleicht ist das Bad frei und sie kann duschen. Es sieht nicht danach aus. Viele Füße tapsen noch durch die Glastür hinein und wieder heraus. Es riecht nach Shampoo und nach verkackter Windel.

»Guten Morgen!«, sagt Ingi, als sie den Flur betritt. »Gebt ihr mir Bescheid, wenn das Bad frei ist. Ja?«

»Ja, klar. Guten Morgen«, antwortet Conny.

Ingi fällt ein, dass es im Haus noch eine Toilette gibt. Einen Stock tiefer, den Gang entlang. Auf nackten Füßen steigt sie über Koffer und Schuhe hinweg und flüchtet nach unten. Sie hört Andy von oben noch mit ihrem Bruder reden. Ihre Stimme klingt nicht sonderlich wach, auch noch nicht sonderlich freundlich. Ingi lächelt, als sie die aus groben Holzbrettern gezimmerte Tür hinter sich verriegelt und sich auf die kalte Klobrille setzt.

Nicht lange darauf hört sie Andys Stimme näher kommen, und die Treppen ächzen bereits vertraut. Ihre Schritte hören sich sanfter an als die ihres Bruders, der hinter ihr her trampelt.

»Du hättest ihnen doch einfach sagen können, sie sollen sich in den Garten stellen, dazu brauchst du mich doch nicht aus dem Bett zu reißen.«

»Hauptsache du hast einen Grund zum Meckern«, gibt sich Bernd gekränkt. Dann verschwinden beide nach draußen und Ingi hört nichts mehr.

Im Großen und Ganzen ist Ingi ganz zufrieden damit, keine Geschwister zu haben. Mit Andy hätte sie nicht tauschen wollen.

INGI BETRITT DAS BADEZIMMER, ohne dass Conny ihr Bescheid gegeben hat, schließt hinter sich ab und stellt sich unter die Dusche. Sie steht noch nackt und mit nassem Haar vor dem Spiegel, als es klopft.

»Ingrid?« Es ist Connys Stimme.

»Ja?«

»Brauchst du noch lange? Bruce muss ganz dringend aufs Klo.«

»Unten ist auch eine Toilette.«

»Ja, schon. Aber hier ist doch der Kinderkloaufsatz!«

»Ah.« Sie dreht sich um, ihr Blick fällt auf den kleinen, weißen Kloaufsatz, der auf der Klobrille ruht. »Ich beeile mich.«

»Mama, ich muss ganz dringend«, hört sie den Kleinen alle zwei Sekunden sagen. Ingi verlässt das Bad, in ein kleines Handtuch gewickelt, das gerade mal das Wichtigste bedeckt. Ihr großes Badehandtuch hängt ja noch vor der Glasscheibe.

»Danke«, sagt Conny.

Im Zimmer trocknet sie sich ab und schlüpft in ihre Kleider. Die kurzen Haare erweisen sich jetzt als überaus praktisch. Als hätte sie geahnt, dass ihr in nächster Zeit der Luxus des Haareföhnens untersagt bleiben würde.

Sie trifft Andy in der Küche. Die steht an der Kaffeemaschine und sieht recht zerknittert aus. »Guten Morgen, Andy-Schatz!«, sagt sie amüsiert.

ICH SCHAUE AUF. »Andy-Schatz? So hast du mich seit unserer Schulzeit nicht mehr genannt. Weshalb dieser liebevolle Tonfall heute Morgen?«

»Weil du so aussiehst, als hättest du es nötig.«

»Mhm.« Ich nicke und denke über ihre Worte nach. »Auch Kaffee?«

»Jep.«

Nachdem ich ihre Tasse gefüllt habe, fragt sie: »Wann kommt deine Mutter?«

Ich zucke mit den Achseln. »Gesagt hat sie, mit dem ersten Zug, aber das kann auch ein Gerücht sein.« Etwas zu laut stelle ich Teller auf den Tisch, plane Rainer und Jochen und die fünf Verwandten mit ein. Die Neuankömmlinge, mein Vetter und seine Freundin, frühstücken glücklicherweise nicht mit, sie stehen bereits am Schiffsanleger und freuen sich auf ihren Tagesausflug nach Heidelberg. Der Tisch in unserem Esszimmer ist riesig. Selbst, wenn meine Mutter jetzt schon käme, könnten wir hier noch ausreichend komfortabel beieinandersitzen. Ich stelle Brot und Butter, Käse und Aufschnitt auf den Tisch und nehme mit Ingi schon mal Platz.

»Ging's mit dem Schlafen?«, erkundige ich mich. »Oder hast du ihn schnarchen gehört?«

»Nee, schnarchen nicht. Nur auf das Geschrei hätte ich gerne verzichtet. Das war mir echt zu früh.«

Conny lugt ins Esszimmer, wie aufs Stichwort. »Ah, es gibt Kaffee!« Sie lässt sich auf einen der freien Plätze fallen. »Was hast du denn da für ein Brot?«, fragt sie mit Blick auf das Körbchen. Sie wägt das Angebot ab. »Bernd kann ja gleich noch Brötchen holen gehen.« Sie nimmt sich eine Scheibe Mischbrot und öffnet das Glas mit der Erdnussbutter. »Ah, das ist eine mit Stückchen, die mag ich immer am liebsten, du auch?«

Wir nicken beide, Ingi und ich.

»Ich habe immer so Heißhunger, wenn ich stille«, bemerkt Conny.

»Du stillst die Kleine?«, fragt Ingi interessiert.

Und schon ist etwas angestoßen, was sich nicht mehr aufhalten lässt. Conny erzählt, wie lange sie jetzt schon Sarah-Luise stillt, wie lange sie Bruce gestillt hat und natürlich zuvor auch Kevin. Als sie mit allen durch ist, beginnt sie ihre Probleme zu schildern, die sie dabei gehabt hat, und wie sie sich heute gesund ernährt.

Ingi lauscht schweigend, hat mittlerweile ihren Fehler erkannt und sagt ab und zu: »Ach, ja?«, oder »Wirklich?«, und Conny redet und redet.

Ich kenne ihre Geschichten schon, also die der beiden Buben, das Update mit dem Mädchen habe ich noch nicht drauf. Ich habe den Eindruck, dass es auch Ingi nicht sonderlich interessiert.

Bernd kommt mit den Jungs und setzt sich dazu. Es werden mit viel Tohuwabohu Stühle gerückt und getauscht, bis endlich jeder so sitzt, wie er sich wohlfühlt, nicht zu weit von der Mama entfernt und auch nah genug bei Papa.

Ich schaue auf die Uhr. Demnächst kommen alte Studienfreunde, zwei mit dem Wohnmobil, zwei mit dem Campingbus. Beide haben sich vorab für heute angekündigt. Nicht so wie die beiden heute Morgen, die völlig überraschend aufgetaucht sind.

»Gibt es keine Brötchen?«, fragt Kevin.

»Papa könnte welche holen, hat deine Mama gesagt«, kläre ich das Kind auf.

»Jetzt essen wir erst mal was da ist, sonst verdirbt das noch«, meint Bernd und legt jedem seiner Buben ein Brot auf den Teller, bedient sich ebenfalls und der Korb ist bis auf eine Scheibe leer. Er nimmt sich vom Käse, gibt seinen Jungs von der Salami. »Die mögt ihr.«

»Gibt es kein Nutella?«, fragt Kevin enttäuscht.

Ich setze noch eine Kanne Kaffee auf. Als ich zum Tisch zurückkomme, ist alles weg, was man sich aufs Brot tun kann, und ich nehme mir vor, erst wieder Nachschub zu holen, wenn Jochen und Rainer kommen.

Als die beiden auftauchen, bringen sie Brötchen mit. Die sind noch ganz warm und alle stürzen sich darauf.

»Ich will das Laugenbrötchen! Ich will das Laugenbrötchen«, ruft Bruce. Jochen kann gar nicht anders. Er ist so schrecklich lieb. »Na, wenn du es so sehr haben möchtest, dann ist das natürlich deines.« Er lächelt auch noch.

Das hätte ich mir als Kind mal erlauben sollen. Die Worte ›ich will‹ wurden mir von Mutter verboten. Bei Bernd war das natürlich anders. Er ist um einige Jahre jünger – außerdem ist er ein Junge. Dafür bekam man von Mutter schon immer Sonderrechte. »Ich hole euch noch Käse und Wurst«, sage ich, gehe zum Kühlschrank und öffne die Päckchen, die ich für morgen früh eingeplant hatte.

Wir gehen heute sowieso noch groß einkaufen.

DREIZEHN

ICH BEGINNE GERADE mit Rainer zusammen den Tisch abzuräumen, da klingelt das Handy meines Bruders.

»Ja, Mutter, alles klar. Ja, wir sind schon da. Schon seit gestern Abend. Ja, ja, es geht uns gut. Wann kommst du denn?« Er nickt ein paarmal. »Ja, gut. Dann, bis dann.« Er legt das Handy auf die Seite. »Mutter verspätet sich etwas. Sie musste erst noch Mirabellen ernten, da hat es für den ersten Zug nicht gereicht. Sie ist jetzt um halb eins in Heidelberg. Ob sie jemand abholen kann, hat sie gefragt.«

Irgendwie typisch für sie. Ich nicke, zum Zeichen dafür, dass ich es registriert habe. Na gut, wenn er Mutter abholt, hat er ja wenigstens auch einen Beitrag geleistet.

»Wann kommen denn die nächsten Gäste?« Ingis Frage unterbricht meine Gedanken.

Ich schaue auf die Uhr. »Demnächst, wenn sie pünktlich sind.«

»Dann geh ich mit Hannah jetzt mal allein einkaufen, ja? Oder wolltest du mit?«

Ich erinnere mich daran, dass sie nicht gerne Auto fährt, und möchte mich trotzdem anbieten.

»Nö. Hannah fährt. Die freut sich schon drauf, sich hinter das Steuer zu setzen. Wenn wir zurück sind, fangen wir an zu backen. Du bekommst drei verschiedene Blechkuchen, einen Träubleskuchen und eine Schwarzwälder Kirschtorte, die du so magst.«

Ob sie bemerkt hat, dass sie mich aufbauen muss heute Morgen? »Ich liebe euch. Alle beide«, sage ich und schenke ihr ein Lächeln.

»Schön, dass ich das jetzt weiß. Und Hannah werde ich es ausrichten. Unser Tag ist gerettet.« Ingi verschwindet die Treppen nach unten, während ich nach oben gehe und erst einmal lüfte, mein Bett mache und mich unter die Dusche stelle. Schließlich hat man mich vorhin aus dem Schlaf gerissen.

Die Gäste sind überaus pünktlich. Ein Wohnmobil und ein VW-Bus biegen gerade ums Eck, als ich durch die Haustür trete. Freudiges Hupen erklingt und mein erster Gedanke ist: Hoffentlich beschweren die sich vom Campingplatz gegenüber nicht, denn es ist Mittagsruhe. Ich winke und weise die beiden Fahrzeuge in ihre Lücken ein.

Damit ist der Garten um das Haus voll besetzt. Ab jetzt müsste man auf die Straße ausweichen. Bald wird es hier zugehen wie in einem Ameisenhaufen, dessen bin ich mir bewusst.

Mein Bruder und seine Frau kommen aus dem Haus, die Kinder adrett angezogen.

»Ihr geht fort?«, frage ich erstaunt.

»Wir gehen in den Zoo, nach Heidelberg. Das haben sich die Jungs schon so lange gewünscht.«

»Aha«, sage ich. »Wie schaffst du das denn, Mutter mit ihrem Koffer auch noch ins Auto zu kriegen? Oder fährst du Conny und die Kinder zuerst zum Zoo?«

»Ich?«, fragt er erstaunt. »Du holst sie doch ab. Hast du doch gerade gesagt!«

»Was? Ich? Aber du hast doch gerade mit ihr telefoniert!«

»Ja, schon. Ich habe dir gesagt, wann sie kommt.«

»Und das heißt selbstverständlich, dass ich sie abhole? Glaubst du, ich habe hier nichts anderes zu tun?«

»Jetzt mach mal halblang.« Seine Tonlage wird tiefer, wie immer, wenn ihm etwas nicht passt. Er bleibt stehen, wechselt mit Conny einen Blick, deren Augen demonstrativ zu rollen beginnen, und dann geht sie mit den Kindern schon mal voraus, während wir das ausdiskutieren.

»Du hast doch gerade genickt, als du mitbekommen hast, dass man Mutter um halb eins abholen muss.«

»Ich habe mitbekommen, dass *du* gesagt hast, *du* holst sie, weil *du* auch mit ihr telefoniert hast.«

»Sag mal, spinnst du jetzt völlig? Mutter kommt wegen dir! Sie kommt zu *deinem* Geburtstag! Dann kannst du sie wenigstens abholen. Du bist doch sowieso da!«

»Ich habe etwas anderes zu tun, als nach Heidelberg zum Bahnhof zu fahren. Ich habe meine Geburtstagfeier vorzubereiten.«

»Pfff! Du hast doch einen Haufen Helfer, stell dich mal nicht so an.« Sein Arm macht eine allumfassende Bewegung.

»Eigentlich hätte ich gedacht, dass du irgendetwas hilfst, wenn du schon so früh hier auftauchst. Und diese blöde Ausrede mit ›Mutter hat gesagt wir sollen früher kommen und dich aufbauen‹ war doch bloß ein Vorwand für dich, mit Frau und Kindern hier ein bisschen Urlaub zu machen und uns bei den Vorbereitungen im Weg herumzustehen.«

»Ist doch alles schon gemacht! Das Zelt steht, die Scheune ist aufgeräumt. Es gibt doch gar nichts mehr zu tun.« Er sagt es, als hätte er das mit dem Zoo soeben erst entschieden, dabei bin ich mir sicher, dass er es den Kindern schon versprochen hat, bevor sie überhaupt von zu Hause losgefahren sind.

Gerne hätte ich noch etwas mehr ausgeholt, aber da kommen meine Gäste auf mich zu, um mich zu begrüßen.

Bernd sagt trotzig hinter meinem Rücken: »Also, wir gehen jetzt. Dann rufst du eben Mutter an und sagst, sie soll sich ein Taxi nehmen, wenn du keine Lust hast, sie zu holen.«

Leck mich am Arsch, denke ich und bereue es, meine Familie eingeladen zu haben. Warum habe ich mich nicht entschieden, ausschließlich mit Freunden zu feiern? Es war eine Überreaktion, weil Ann mich verlassen hatte und ich mich reflexartig an meine Familie geklammert habe. Was für eine Fehlentscheidung! Und mit dieser Erkenntnis falle ich Trixi, Klaus, Benne und Caro in die Arme. »Ist das schön, dass ihr alle gekommen seid!«

Wir kennen uns seit meiner Studienzeit, sie sind also ganz und gar *meine* Freunde und nicht Anns, und sie haben noch keine Ahnung von den neuesten Geschehnissen. Ich brauche also nicht sofort mitleidige Kommentare zu fürchten. Die kommen noch früh genug. Vier unserer gemeinsamen Freunde sind für morgen eingeladen – wenn sie denn kommen. Zugesagt haben sie zwar, aber vielleicht waren sie zu diesem Zeitpunkt noch nicht ganz auf der Höhe der neuesten Nachrichten und haben es sich mittlerweile anders überlegt.

Ich führe meine vier eigenen Freunde durch Scheune und Garten, zeige ihnen das Haus, insbesondere Bad und WC. Gerne würde ich mich zu einem Plausch mit ihnen in den Garten setzen, auf die Bank in der Sonne, bei den Rosenbüschen. Die lädt zum Verweilen ein. Überhaupt entstehen gerade viele lauschige Plätzchen, die meine beiden Engel Hannah und Ingi in den Garten zaubern. Es finden sich Kissen und bunte Picknickdecken auf dem Rasen, Stühle und Liegestühle stehen in Grüppchen im Schatten oder in der Sonne. Alles wird von Mal zu Mal noch einladender. Nur muss ich jetzt aufbrechen, denn bis zum Bahnhof benötige ich bestimmt eine gute halbe Stunde. Es ärgert mich.

»*Du* fährst nach Heidelberg?«, fragt Ingi erstaunt.

»Ich muss meine Mutter vom Bahnhof abholen.«

»Ich denke, das macht dein Bruder?«

»Dachte ich auch.«

Ingi entgeht mein Gesichtsausdruck nicht, ihre Hände legen sich auf meine Unterarme, halten mich für einen Moment fest. »Hey, reg dich nicht auf. Verschieb deinen Ärger bis nach deinem Fest.«

»Warum wollte ich die alle dabeihaben?«, frage ich Ingi.

»Ich weiß es nicht.« Sie schüttelt den Kopf. Nach einer Weile sagt sie: »Du warst betrunken und Ann hat mit dir Schluss gemacht.«

»Auf so etwas Ähnliches bin ich auch gekommen.«

»Also, verschwinde schon. Bis gleich.«

Falsches Mitleid ist nicht Ingis Sache. Es tut gut, wie sie es sagt, und ich bin ihr sehr dankbar dafür, dass sie mich versteht.

»Bis gleich.« Als ich auf mein Auto zusteuere, spiele ich ganz kurz mit dem Gedanken, doch hierzubleiben und meiner Mutter stattdessen ein Taxi zu bestellen, sehe aber dann seufzend davon ab und fahre los.

VIERZEHN

WIE ICH BEFÜRCHTET HATTE! Stoßstange an Stoßstange schiebe ich mich durch Heidelbergs Innenstadt, verfluche noch einmal meinen Bruder und bin fast pünktlich am Bahnhof. Natürlich finde ich nicht sofort einen Parkplatz, sondern kurve ein paarmal ums Karree und bin jetzt schon ziemlich genervt.

Mutters Zug wird angezeigt und ich begebe mich auf das Gleis, überall Passanten und Wartende um mich herum. Ich fange Wörter auf, ganze Sätze, sehe in fremde Gesichter, registriere ihre Stimmungen. Es stresst mich und ich bedauere erneut, die Oase meines schönen Gartens verlassen zu haben.

Dann fährt der Zug ein. Ein ohrenbetäubendes Quietschen und er steht. Es wundert mich nicht, dass unter den ersten Personen, die aussteigen, meine Mutter ist. In einer Hand hält sie ihre Handtasche, in der anderen eine Einkaufstasche. Jemand trägt ihr den schweren Koffer hinterher, stellt ihn neben ihr ab und sie lächelt dankbar. Das höchst dankbare Lächeln einer betagten Frau, mit dem sie bisher noch jeden herumgekriegt hat.

Ich atme tief ein und winke ihr zu. Sie winkt zurück. Wie eine freundliche alte Dame.

»Hallo Mutter!« Ich küsse sie auf beide Wangen, die sie

mir hinhält.

»Bin ich nicht pünktlich auf die Minute?«, fragt sie mich strahlend. Es täuscht nicht darüber hinweg, wie aufmerksam mich ihre braunen Kulleraugen mustern und mir bewusst machen, dass ihr keine noch so kleine Veränderung in meinem Gesicht entgeht.

Ich versuche also, möglichst jung und unbeschwert auszusehen. »Ja«, gebe ich zu, »der Zug war wirklich pünktlich.« Ich mache mich nützlich, bevor meine Mutter mich dazu auffordert, ziehe den Teleskopgriff aus dem schweren Reisekoffer und wir setzen uns in Bewegung. Mein Gott, ist der Koffer schwer! »Sag mal, wie lange bleibst du denn?«

»Na, den Sommer über! Es soll ganz wunderbares Wetter werden.« Für eine Frau ihres Alters schreitet sie energisch voraus. »Bei uns ist es wieder so stickig gewesen in letzter Zeit. Da ist es gut, wenn man mal aus der Stadt rauskommt.«

Also bleibt sie die ganze Zeit über, in der das Ferienhaus eigentlich *mir* zugeteilt ist, und nimmt anschließend noch die ihr zugeteilten Wochen mit? Mir stößt auf, dass sie mich nicht einmal gefragt hat, und ich versuche, meinen Ärger darüber hinter einem Scherz zu verbergen.

»Was hättest du gemacht, wenn das Haus schon voll belegt gewesen wäre?«

»Von dir etwa?«, fragt sie basserstaunt zurück. Ihr Gesichtsausdruck spiegelt höchstes Unverständnis und ich weiß, was kommen wird, bevor sie es sagt.

»Wie willst du denn alle vier Zimmer belegt kriegen? Du bist doch allein!«

Hätte ich bloß meinen Mund gehalten.

»Wo ist denn dein Bruder?«, fragt sie etwas enttäuscht. Vielleicht hatte auch sie gehofft, er würde sie holen.

»Mit den Jungs im Heidelberger Zoo«, gebe ich pflichtbewusst Auskunft.

»Na, das ist aber mal eine tolle Idee! Was dem aber auch immer einfällt.« Nach ein paar Schritten meint sie: »Hast du noch eine Hand frei?«

Natürlich habe ich noch eine Hand frei, ich ziehe den Koffer schließlich nur mit einer Hand, und so nehme ich ihr noch die Einkaufstasche ab.

»Da sind die Mirabellen drin, weißt du? Die sind ganz schön schwer.« Sie bleibt stehen, hat plötzlich einen Teleskopstock in der Hand, den sie ausklappt. »Ich geh doch jetzt mit Stock. Damit fühle ich mich sicherer.«

»Ah«, sage ich nur. Ihr Teleskopstock sieht eher so aus, als wolle sie sich aufmachen zu einer Hochalpin-Wanderung, was ich ihr durchaus zutrauen würde.

So schleppe und ziehe ich alles hinter uns her, während sie mir von der Zugfahrt berichtet, was für freundliche Leute sie im Abteil kennengelernt hat und überhaupt war es ja so wunderbar, wieder hierherzukommen.

Der Aufzug ist kaputt, es macht nichts. Es gibt überall Rolltreppen. Die nehmen wir und gelangen ganz easy zu meinem Parkplatz. Ich frage mich, ob Mutter es wirklich nicht geschafft hätte, ihren Koffer zur S-Bahn-Station zu ziehen. Mit der Bahn wäre sie in Blickweite unseres Gutshofs angekommen und ich hätte lediglich die Neckarbrücke überqueren müssen, um sie abzuholen. Der Gedanke verursacht mir ein schlechtes Gewissen.

IM AUTO BESCHREIBT mir Mutter ausführlich, warum sie später gekommen ist. Eigentlich wollte sie nur ein, zwei Kilo Mirabellen vom Nachbarsbaum pflücken, so wie jedes Jahr, denn das darf sie. Dann hat sich der Nachbar aber entschieden, alle Äste, die auf ihr Grundstück überhingen, abzusägen. »Und ich kann doch das Obst nicht verkommen lassen!« Also hatte sie alles Obst abgepflückt und eingefroren.

»So kann ich sie portionsweise auftauen und immer frische Marmelade kochen. Isst du eigentlich Mirabellenmarmelade?«

»Ja«, sage ich. »Hattest du nicht gesagt, ich soll noch ein Glas helle Konfitüre kaufen für deinen Kuchen? Hättest du ja ein Glas mitbringen können.« Ich vermeide das Wort Mirabellen. Ich kann es nicht mehr hören.

Mutter winkt ab. »Mein Koffer ist doch sowieso schon so schwer.«

Ja, denke ich. Da hast du wirklich recht.

SIE ERZÄHLT mir von dem Nachbarn, dass er nun auch Enkel bekommen hat und sie sich lange über ihre Kinder und Kindeskinder ausgetauscht hätten.

»Habt ihr im Garten zusammen Kaffee getrunken?«, erkundige ich mich höflich.

»Wo denkst du hin? Der Mann ist verheiratet. Nein, wir haben uns über den Gartenzaun hinweg unterhalten.«

»Ah«, sage ich nur und denke: Typisch schwäbisch.

Wir stehen wieder im Stau, auch auf dem Rückweg. Mutter erzählt und erzählt. Von einer Freundin, von dem Briefträger, von den Rosen im Garten. Ich weiß nicht mehr, wo mir der Kopf steht, als ich endlich um die Ecke biege und sich unser vertrautes Haus auftut. Mittlerweile fühle ich mich müde und meinen Gästen schon jetzt nicht mehr gewachsen.

Vielleicht kann ich mich mit dem harten Kern irgendwohin zurückziehen, oder zumindest mit Ingi einen ruhigen Kaffee trinken auf einer der Picknickdecken.

Mutters Eintreffen wird von allen bemerkt, meine Freunde kommen, um sie zu begrüßen. Hannah reicht ihr förmlich die Hand, lächelt freundlich. »Schön, dass Sie wieder da sind.«

Mutter erwidert die Höflichkeit. Ingi kommt als Nächste.

»Meine Mutter kennst du wahrscheinlich noch von früher«, stelle ich ihr die freundliche Dame neben mir vor.

Ingi bleibt überraschend steif, wie sie meiner Mutter so die Hand reicht und sagt: »Guten Tag, ich bin Ingrid.«

Ihre Reserviertheit befremdet mich, und übertrieben gut gelaunt werfe ich ein: »Ingi ist meine treue Seele, die mir noch aus meiner Grundschulzeit erhalten geblieben ist.«

Meine Mutter mustert sie aufmerksam. »Ach, Sie sind

das«, sagt sie und lächelt schmal. »Sehr erfreut. Ich bin Elfriede.« Dann wendet sie sich meinen Studienfreunden zu. Bilde ich es mir ein, oder werden die von ihr herzlicher begrüßt?

Als erstes möchte sie ihr Zimmer beziehen. Ich schleife den schweren Koffer die Treppe hinauf, während meine Mutter sagt: »Und diese Ingrid wohnt immer noch in Pliezhausen?«

»Sie hat dort ein Haus. Das ihrer Eltern.«

»Und sie ist nie aus Pliezhausen rausgekommen?« In der Stimme meiner Mutter schwingt Entsetzen mit.

Wir sind im ersten Stock angekommen und ich weise meiner Mutter das noch freie Zimmer neben meinem Bruder und seiner Familie zu. Eine Antwort hat sich damit glücklicherweise erübrigt.

»Wie? Bin ich nicht oben?«, fragt sie mich.

»Nein, da bin ich schon.«

»Ach«, macht sie enttäuscht. »Kannst du mir wenigstens den Koffer aufs Bett stellen? Dann kann ich ihn besser ausräumen. Hoffentlich ist der Schrank hier nicht viel zu klein. Ich muss ja Sachen für ein paar Wochen unterbringen.«

Du kannst nach oben ziehen, wenn ich wieder weg bin, liegt mir auf der Zunge. Ich schlucke es hinunter.

Draußen sind Hannah und Ingi dabei, eine Girlande vom Scheunentor bis zum Zelt anzubringen. Ihr Anblick, wie sie sich um mein Fest bemühen, rührt mich plötzlich so, dass ich losheulen könnte. Werde ich jetzt noch vor meinem Fünfzigsten von Alterssentimentalität heimgesucht?

Jemand hält mir eine Tasse hin. »Kaffee?«, fragt mich Trixi und lächelt. Ich nehme sie dankend an, schaue den beiden weiter bei ihrem Treiben zu und lache wie die anderen auch über ihre Fehlversuche, die Girlande am Zeltgiebel zu befestigen. Als mir Tränen die Wange herunterlaufen, weiß ich nicht recht, ob vor lauter Lachen oder aus Verzweiflung. Es muss sich etwas ändern in meinem Leben, das spüre ich ganz deutlich.

FÜNFZEHN

Es duftet nach Kuchen, Ingi macht Schwarzwälder Kirschtorte. Hannah trägt einen Korb voller leckerer Lebensmittel in
den Keller, die gekühlt werden müssen. Darunter zwei Laibe
Brot, groß wie Wagenräder. Bauernbrot aus dem Holzofen,
wie ich im Vorbeigehen erkenne. Ich liebe es!

»Wo habt ihr das denn her?«, frage ich begeistert.

»Ich war mit Ingi beim Bauern.«

»Was kriegst du?«, frage ich, nehme es beiläufig zur
Kenntnis, dass die beiden offensichtlich ohne mein Wissen
den Speiseplan erweitert haben. Es freut mich, denn die Organisation der Vorbereitungen ist mir längst aus den Händen
geglitten.

»Ingi hat bezahlt. Musst du mit ihr ausmachen«, ruft mir
Hannah über die Schulter zu, ehe sie im Keller verschwindet.

Ich finde Ingi oben in unserer Küche, zusammen mit
meiner Mutter. Ich spüre sofort die angespannte Atmosphäre
im Raum. Ingi ist dabei, einen Teigboden auf der Arbeitsfläche auszuwellen, das Kuchenblech liegt daneben. Meine
Mutter beansprucht die Spüle für sich. Sie hat die Mirabellen
gewaschen und macht sich daran, sie zu entsteinen. Die
Schüssel für die entsteinten Früchte findet kaum Platz neben
dem Toaster und der Kaffeemaschine.

»Es ist ja aber auch eng hier«, beklagt sie sich, als sie mich sieht.

»Eng nicht«, korrigiere ich sie. »Die Arbeitsfläche ist vielleicht ein bisschen klein. Du kannst doch deine Mirabellen im Garten entsteinen. Setz dich in die Sonne und unterhalte dich nebenbei mit den anderen.«

Ein zitronensaurer Zug um ihren Mund wird sichtbar. Den kenne ich. Aber manchmal lässt sie sich ja was sagen. Hoffentlich stimmt sie die Aussicht auf Zuhörer milde. Meine Mutter liebt es, sich gepflegt zu unterhalten, wie sie immer sagt. Bei ihren Gesprächen geht es meist um Reisen, speziell um ihre Reisen, oder ihren früheren Beruf als Gymnasiallehrerin der Höheren Mädchenschule. Kann ihr Gesprächspartner nichts damit anfangen oder hat sich das Thema irgendwann erschöpft, ist sie auch mit dem Erfahrungsaustausch kultureller Veranstaltungen zufrieden, wobei hier die Oper eine Vorreiterrolle einnimmt. Meine Mutter ist ein Schöngeist. Sie legt viel Wert auf Bildung und gute Manieren.

Beinahe sehnsüchtig wende ich mich an Ingi mit einer ganz alltäglichen Frage: »Bei welchem Bauern wart ihr denn? Abrechnen tun wir dann ganz am Schluss, okay?«

Meine Freundin winkt ab, und ich protestiere. Sie engagiert sich schon viel zu sehr für mich. Im Hin und Her höre ich meine Mutter sagen: »Ich geh dann mal raus.« Sie schnappt sich Mirabellen, Schüssel und ein Messer und ist weg. Von wegen: *ich nehme jetzt einen Stock, da fühle ich mich sicherer.* Mutter ist vollbeladen noch schneller die Treppen unten als ich.

»Du siehst etwas angespannt aus«, stellt Ingi fest und grinst.

»Du aber auch«, gebe ich Kontra, und mich überkommt so plötzlich der Wunsch, Ingi zu umarmen, dass es mich selbst irritiert. Ich tue es nicht, sage nur: »Kann ich irgendwas helfen?«

»Ja, du kannst den Kuchen hier belegen.« Ingi fettet das

Blech ein, passt den Teigboden ein. »Die Äpfel sind in der Kiste dort.«

Ich hole etliche heraus, wasche sie, schäle sie und überlege. »Und jetzt?«, frage ich. Mir fällt auf, was Ingi für schöne Ohren hat. Jetzt kann man die endlich sehen, und das im Nacken akkurat geschnittene Haar umschmeichelt ihren anmutigen Hals. Sicher sieht man auch ihr die Fünfzig an, aber sie hat sich etwas bewahrt, was mir längst abhandengekommen ist. Sie sieht noch so unverbraucht aus.

»Du bist keine große Heldin in der Küche, was?«, stellt Ingi belustigt fest und ihre Augen leuchten wie zu Teenagerzeiten.

»Nein, nie gewesen«, gebe ich wieder ganz offen zu und lasse mir zeigen, wie dünn die Scheiben werden müssen und wie ich sie auf den Teig zu legen habe. »Okay. Krieg ich hin.«

Es dauert ganz schön lange, bis ich den Kuchen belegt habe. Ingi ist in der Zwischenzeit mit dem Rührteig fertig, hat ihn in eine Kastenform gefüllt und in den Ofen geschoben.

Stolz bewundere ich mein Kunstwerk aus exakt gefächerten Apfelscheiben. Ingi macht mir das Muster zunichte, indem sie einen Haufen Streusel und Mandeln darüber wirft.

»Magst du auch Zimt?«, fragt sie versöhnlich, als sie mein entsetztes Gesicht sieht.

»Ja«, sage ich und sie streut ordentlich davon auf den Kuchen.

»So, der kommt rein, wenn der andere rauskommt. Und so lange machen wir eine Pause im Garten.«

»Guter Plan.«

WIR FINDEN Mutter auf einem Stuhl am Dahlienbeet, umringt von meinen Freunden, die auf Decken zu ihren Füßen sitzen und ihr lauschen. Sie erzählt gerade noch mal die Story von den Mirabellen und dem Nachbarn. Sie ist sehr charmant und jeder meiner Freunde lobt ihr Engagement für meinen Geburtstag. Dass eine Frau, die auf die Achtzig zugeht, noch für ihre Tochter bäckt, ist wirklich bemerkenswert.

»Nachher mach ich noch die Polenta und die Grünkernfrikadellen. Die kann man ruhig einen Tag vorher zubereiten. Morgen haben wir genug mit den Salaten, dem Braten und dem Leberkäse zu tun«, hält mich Ingi auf dem Laufenden, während mein Blick in der Schüssel meiner Mutter eine Handvoll entsteinter Früchte ausmacht.

Ich nicke nur. Ohne Ingi hätte ich bei der Umsetzung meiner Idee jämmerlich Schiffbruch erlitten. Sicher ist Hannah genauso mit dabei, aber die hat ja auch noch andere Sachen zu tun. Muss sie sich nicht auch um ihre Tochter kümmern?

Ich höre am späten Nachmittag nicht, wie das Auto meines Bruders vorfährt. Seine Rückkehr registriere ich erst, als die beiden Jungs über den Rasen toben. »Ooomaaa!«, schreien sie und meine Mutter springt auf und schließt ihre Enkel in die Arme. Welch eine Wiedersehensfreude!

Dann wird mit den Rackern Fußball gespielt. Oh ja, Oma kann ganz ausgezeichnet im Tor stehen. Sie hält keinen einzigen Ball und wahrscheinlich ist es genau das, was den Enkeln so Spaß macht. Kevin ärgert sich über die Spannseile, auf die man aufpassen muss, wenn man in den hinteren Teil des Gartens gelangen möchte. »Die sind blöd. Das ganze Zelt ist blöd.«

»Ja, die stören wirklich«, gibt sich Oma empört.

Ich gehe, weil ich das hier nicht mehr aushalte. Außerdem ist der Getränkehändler vorgefahren und Rainer und Jochen sind schon dabei, die Kisten auszuladen. Während mein Bruder seine Söhne anfeuert, helfe ich den beiden, Bier, Wein und Sprudelkisten in den kühlen Keller zu schleppen.

Als Oma nicht mehr kann, geht sie dazu über, mit ihren Enkeln Memory zu spielen. Papa gesellt sich dazu und die Mama betrachtet sie alle wohlwollend.

»Die sind aber auch schlau, deine Buben«, höre ich Mutter des Öfteren sagen. »Nein, was die sich alles merken können!«

Oma selbst hält gut mit, vor ihr stapelt sich ein ordentlicher Kartenhaufen. Ich erinnere mich daran, beinahe jedes Mal gegen sie verloren zu haben, wenn sie es mit mir spielte.

Als keiner mehr Lust auf Spielen hat, gehen sie nach oben in die Küche. »Die Kinder brauchen doch etwas Anständiges zu essen«, sagt Oma und ich denke: Hände weg von meinen Vorräten. Aber mein Bruder hat wohl etwas besorgt, denn er sagt zu Mutter: »Ich habe die Dinkelseelen, die du so magst, und die Kinder haben sich Spaghetti mit Hackfleisch-Tomatensoße gewünscht. Du findest alles in der roten Tasche.«

Oma tut ganz entzückt. »Jetzt koche ich euch etwas ganz Leckeres.«

SECHZEHN

Wɪʀ ᴀɴᴅᴇʀᴇɴ ʙʟᴇɪʙᴇɴ ᴢᴜʀüᴄᴋ, entscheiden uns, heute die Würstchen im Garten zu grillen. Hannah klinkt sich aus, sagt, sie müsse mal wieder für ihre Tochter da sein, und verabschiedet sich vorläufig. »Ihr klopft aber kurz vor zwölf bei mir, klar?«

Logisch, abgemacht. Wir wollen schließlich gemeinsam reinfeiern. Ich verspreche es.

Zuerst machen wir einen kleinen Spaziergang, meine vier Studienfreunde, Rainer, Jochen, Ingi und ich. Ich zeige meinen Freunden die Stadtmitte, das Terrassenfreibad, den Schiffsanleger. Rainer besorgt uns eine Tüte mit Brötchen. Als wir zurückkehren, zünden wir ein großes Feuer an, schnitzen uns Stöcke für die Würste, breiten Decken auf dem Rasen aus. Wir holen uns einen Kasten mit verschiedenen Getränken und fühlen uns jung und unbeschwert wie früher.

»Schon geil, wenn man so einen alten Hof sein Eigen nennen kann«, meint Klaus, als wir nebeneinander an der Feuerstelle sitzen, jeder mit seinem aufgespießten Würstchen. »Das hast du alles geerbt?«

»Nein, nicht ich allein«, antworte ich und erzähle wieder die Story von den sechs Erben und der zwingenden Tatsache, dass wir uns irgendwie einig werden müssen.

»Ah, ja«, macht Klaus und es klingt schon weit weniger begeistert.

»Trotzdem cool«, meint Trixi. »Du hast es echt zu was gebracht. Was machst du eigentlich gerade beruflich?«

»Du warst ja immer die von uns, die die meisten Ideen hatte«, wirft Caro ein. »Bist du wirklich in der Entwicklung gelandet?«

Ich habe vorher gewusst, dass ich nicht drum herumkommen würde, ihnen meinen beruflichen Werdegang zu berichten. Ja, ich habe es zu etwas gebracht – beruflich gesehen.

»Anfangs war ich bei einem traditionellen Familienunternehmen beschäftigt. Wir stellten Hydraulikzylinder her, für den landwirtschaftlichen Bereich und für Lastwagen. Das war kein schlechter Job mit angenehmen Vorgesetzten und einem Oberklassenfirmenwagen, aber auf Dauer wurde mir das zu eintönig. Insbesondere auch deshalb, weil sich unsere Kundschaft hauptsächlich im deutschsprachigen Raum befand und ich gerne auch mit englischen und französischen Kollegen zusammengearbeitet hätte.«

»Du hattest damals dein Praktikum in Frankreich absolviert, stimmt's?«, fällt Benne wieder ein.

Ich nicke. »Da habe ich mich abwerben lassen und heute arbeite ich in einem europaweiten Unternehmen, das Sensoren herstellt.«

»Was für Sensoren?«, fragt Trixi sofort.

»Für Warenlager, Autos, Türen, Aufzüge …«, beginne ich.

»So Sensoren für Aufzugtüren, damit die sich automatisch öffnen und schließen«, erzählt Ingi stolz, denn das konnte sie sich von unserem letzten Gespräch merken.

»Ja, genau. Oder wie an den Türen in Krankenhäusern. Diese Sensoren stammen mit größter Wahrscheinlichkeit von uns.«

Die Vier sind beeindruckt. »Die hast du entwickelt?«, fragen sie.

Ich lache. »Nein, selbst in der Entwicklung tätig bin ich

schon lange nicht mehr. Sagen wir, ich sorge dafür, dass sie entwickelt werden. Unter optimalen Bedingungen, versteht sich.«

»Du bist nicht mehr selbst mit der Produktion beschäftigt?«, hakt Caro nach.

»Nein, nur noch administrativ. Für Entwicklung, Einkauf, Marketing, Personal und eben Optimierung.«

»Oh«, sagen meine ehemaligen Studienkollegen, denen es jetzt dämmert, in welcher Gehaltsklasse ich mich bewege. Rainer und Jochen schweigen.

»Ist euer Unternehmen börsennotiert?«, fragt Benne, der als erstes die Größe meines Arbeitgebers erfasst.

»Ja«, sage ich und versuche, ganz unaufgeregt zu klingen.

»Geiler Job«, sagt Caro und nickt anerkennend.

»Es hat seine Vorteile, in so einer Position zu sein. Ich bin nur der Geschäftsleitung unterstellt und habe Vertrauensarbeitszeit.« Bevor jetzt irgendjemand auf mich neidisch werden könnte, plaudere ich weiter: »So konnte ich von heute auf morgen hierher flüchten, als Ann mit mir Schluss gemacht hat. Ich kann das, was ich tun muss auch von hier aus erledigen, zumindest eine Zeit lang.«

Die vier sehen betroffen aus. Sie können sich denken, dass Ann meine Lebenspartnerin war.

Trixi traut sich als Erste weiterzufragen. »Wie lange wart ihr denn zusammen?«

»Fünfzehn Jahre.«

»Oh! Das tut mir leid.«

»Shit«, kommt es von Benne und die anderen sagen etwas Ähnliches.

Mein Geständnis gibt unserem Gespräch eine Wendung. Vielleicht wäre es sonst den ganzen restlichen Abend nur um unsere Jobs gegangen, die Höhe unseres Verdienstes, die Marke unseres Firmenwagens, die Rollen, die wir in unseren Betrieben einnehmen. So aber legt sich unser Fokus auf ein erfülltes und glückliches Privatleben.

»Ich habe meinem Chef Bescheid gegeben, dass ich die

nächste Zeit nicht vor Ort bin, es hätte sich in meinem Privatleben etwas ergeben, was mir das zurzeit unmöglich macht«,
erzähle ich weiter.

»Und das hat ihm gereicht?« Ingi schüttelt bewundernd
den Kopf. Vielleicht imponiert ihr diese Tatsache noch mehr
als die, dass ich Sensoren herstelle. »Ich muss schon bei einer
Fehlzeit von einem einzigen Tag eine Krankmeldung vorbei-
bringen.«

»Dafür muss ich aber auch im Urlaub erreichbar sein, oder
nachts, wenn irgendwas klemmt. Ich werde angerufen, wenn
es Probleme gibt, egal wann.«

»Oh«, macht Ingi nur, aber Rainer meint grinsend:
»Würde ich in Kauf nehmen.«

»Warum habt ihre euch getrennt?«, fragt Trixi ganz direkt.

Der unvermittelte Themenwechsel trifft mich auf den
Nerv, jetzt war ich nicht mehr darauf gefasst. Aber ich gebe
Auskunft, auch wenn es mir wehtut. »Ann hat eine neue
Arbeitskollegin bekommen, in die sie sich sofort verliebt hat.
Scheinbar handelt es sich um ihre absolute Traumfrau. Sie
haben sich außerhalb des Büros verabredet, und dann noch
ein zweites Mal, und da sind sie wohl schon im Bett gelandet.
Die ganz große Liebe, versteht ihr?«

Alle schweigen betroffen. Es gibt nichts zu sagen.

»Und du bist sofort ausgezogen?«, fragt Caro. »Also, ich
wüsste nicht, ob ich das machen würde.«

»Ausgezogen ist übertrieben. Ich habe mir ein paar Sachen
geschnappt und bin hierhergefahren.«

»Und dann feierst du hier so groß deinen Geburtstag?«

Ich grinse, weil ich auf die Frage nur gewartet habe. »Es
war eine Idee, die mir mit Rainer und Hannah gekommen
ist. Wir waren zu diesem Zeitpunkt nicht mehr ganz
nüchtern.«

Alle lachen. »War 'ne geile Idee!«, versichern sie mir und
klopfen Rainer auf die Schulter.

»Und du bist deiner Freundin zu Hilfe geeilt?«, fragt Trixi
nun mit Blick auf Ingi.

Die ist ganz irritiert darüber, im Mittelpunkt des Interesses zu stehen. »Äh, nicht so gleich ...«

»Ingi war innerhalb weniger Tage da und hat mir bei der Organisation geholfen, und überhaupt, bei allem«, kläre ich die anderen auf.

»Was machst du beruflich, Ingi?«, fragt Trixi.

»Ich bin ... ich habe Konditorin gelernt«, sagt Ingi, und nur ich höre, wie sie versucht, ihrer Stimme mehr Festigkeit zu geben. Es löst in mir einen Impuls aus, sie in die Arme zu schließen und an mich zu drücken. Natürlich tu ich das nicht.

Man kann Trixi ansehen, dass sie überlegt, wie wir uns wohl kennengelernt haben. Dann erinnert sie sich. »Ah! Ihr kennt euch schon aus der Schulzeit, nicht wahr?«

»Ja«, sagt Ingi, »ich habe das Glück, Andy schon am längsten zu kennen.«

Alle lächeln, und ich weiß, sie haben Ingi bereits in ihr Herz geschlossen. Wir legen Holz auf, lassen es runter brennen, dann ist es so weit. Wir sitzen mit aufgespießten Würstchen um das Feuer und warten ungeduldig. Es riecht lecker und zischt, wenn eine Wurst aufplatzt. Wir haben es uns gespart, sie einzuschneiden. Das machen wir mit den zweiten, schneiden kunstvolle Muster hinein, schauen, wer die schönste zustande bringt. Wir essen und trinken wieder in gemütlicher Runde, und ich könnte mich daran gewöhnen. Da merke ich, wie sehr ich meine Freunde brauche. Vielleicht war die Idee mit meinem Geburtstag doch nicht so schlecht.

Ein Sternenhimmel zieht über uns auf, wir legen Holz nach und das Feuer lodert, Benne holt eine Gitarre aus dem Bus und fängt an zu spielen – und ich bin einfach nur glücklich.

Als wir pünktlich fünfzehn Minuten vor zwölf an Hannahs Tür klopfen, bittet sie uns herein, holt eine Flasche Sekt aus dem Kühlschrank, ein paar Gläser aus dem alten Buffet, lässt den Korken knallen und alle stoßen mit mir an.

»Herzlichen Glückwunsch zum Fünfzigsten!«, rufen sie, fallen mir um den Hals, küssen mich. Ingi als Erstes. Ich halte sie länger im Arm als die anderen. Meine Freunde singen mir lautstark ein Ständchen und ich hoffe, dass wir Hannahs Tochter nicht wecken. Wir sitzen noch etwas um ihren gemütlichen Küchentisch, leeren die Flasche und gehen dann schlafen. Morgen, beziehungsweise heute wird noch genügend gefeiert. Ich habe das Gefühl, ich sollte an meinem Geburtstag gut bei Kräften sein.

Mein Kopfkissen und meine Decke werden den Geruch des Lagerfeuers annehmen, ich habe nämlich keine Lust mehr zu duschen.

SIEBZEHN

INGI ERWACHT aufgrund des Getrappels von Kinderfüßen. Gelächter und Zischlaute dringen durch die Tür. »Psssst, nicht so laut«, mahnt eine Frauenstimme und kichert. »Ihr seid aufgeweckte Racker!«

Ingi dreht sich auf die Seite, versucht das Bild von Andys Mutter beiseitezuschieben, das vor ihrem geistigen Auge erscheint, und versucht noch etwas zu schlafen. Es wird ein anstrengender Tag werden. Doch ihr Wunsch erfüllt sich nicht. Babygeschrei schallt durchs Haus. »Die Kleine hat Hunger«, hört sie Bernd sagen. Ingi steht auf, lugt durch den Türspalt. Oma ist mit den Enkeln wohl ins Esszimmer abgedüst, denn man hört ihre Stimmen nun gedämpfter. Es riecht nach Shampoo und die Dusche rauscht. Es gehört nicht viel dazu, um zu erraten, dass es Conny ist, die sich gerade lange und ausgiebig duscht.

Das wird also dauern. Vielleicht wäre es besser, das Duschen auf den Nachmittag zu verschieben. Ingi schlüpft nur widerwillig in die Klamotten. Sie hätte sich gerne gewaschen, bevor sie sich den Blicken der anderen aussetzt. Aber das geht ja nun mal nicht. Sie schnappt sich ihre Zahnbürste und ein kleines Handtuch, das sie wohlweislich nicht im Bad gelassen hat. Ihr Ziel ist die untere Toilette, um sich dort wenigstens die Zähne zu putzen. Als sie am Bad vorbeigeht, sieht sie ihr Handtuch immer noch da hängen und beschließt, es ab heute zum Abtrocknen zu verwenden. Das kleine hat nun ausgedient.

Im unteren Klo putzt Ingi sich die Zähne über einem kleinen Waschbecken, das wirklich noch aus ganz frühen Zeiten stammt. Es gibt nur kaltes Wasser und es kostet sie etwas Überwindung, sich damit das Gesicht zu waschen. Mit den Fingern kämmt sie durch ihr Haar, was nicht viel hilft. Man sieht genau, auf welcher Seite sie heute Nacht gelegen hat. Jetzt, wo die Haare kurz sind, muss sie sie jeden Tag durchwaschen und mit Haargel stylen. Das geht nun nicht, also macht sie sie wenigstens nass, damit sie nicht an den falschen Stellen abstehen.

Aus der Küche riecht es nach Kaffee, der Duft versöhnt sie wieder, und nachdem sie ihren Waschbeutel wieder ins Zimmer getragen hat, wappnet sie sich innerlich und betritt das Esszimmer. Zum Glück sitzen Rainer und Jochen schon da.

»Ja, hallo, meine Hübsche!«, begrüßt Rainer sie prompt und auch Jochen sagt irgendetwas Freundliches zu ihr. Bernd trägt seine schreiende Kleine auf dem Arm und sagt wieder: »Sie hat Hunger.«

Eine junge Familie hat eben ihre Geräuschkulisse, denkt Ingi, ob einem das nun passt oder nicht.

»Habt ihr beiden schon geduscht?«, fragt Ingi.

Die Jungs sehen sich an und Rainer sagt: »Wir haben uns am Kneippbecken gewaschen, das muss erst mal reichen. Vor den Feierlichkeiten werden wir aber noch meine Wohnung aufsuchen und uns fein machen.« Er grinst. So wie er sich ausdrückt, haben sie vor, sich sehr fein zu machen.

Vielleicht wäre es besser gewesen, ich hätte auch ein Zelt im Garten aufgestellt, überlegt Ingi. *Dann hätte ich vielleicht besser schlafen können.*

»Ist es ruhig im Garten?«, erkundigt sie sich.

»Aber sicher. Bis das Leben auf dem Campingplatz

erwacht.« Beide lachen auf, und die Kleine schreit noch lauter. Bernd verlässt den Raum.

Als er weg ist, sagt Rainer: »Heute ist also der große Tag. Bin mal gespannt, wer noch alles kommt. Ist ganz schön voll im Haus, was?« So, wie er es fragt, ist er mit Andys Zuteilung der Übernachtungsplätze ganz zufrieden.

»Ich überlege, ob ich mir einen Schlafsack schnappe und auch in den Garten komme. Ich könnte doch im Partyzelt übernachten.«

»Unser Zelt ist groß genug«, räumt Jochen allen Ernstes ein. Die beiden würden sie wirklich aufnehmen.

Ingi erscheint diese Alternative sehr verführerisch. »Hannah hat bestimmt irgendeinen alten Schlafsack und eine Isomatte für mich.«

ACHTZEHN

Heute ist es also so weit, ist mein erster Gedanke, als ich erwache. Von unten höre ich Kindergeschrei. Arme Ingi, ist mein zweiter Gedanke.

Wahrscheinlich sind alle anderen schon wach und sitzen im Esszimmer. Die Sorge, meinen Gastgeberaufgaben nicht gerecht zu werden, lässt mich aufspringen und in meine Klamotten schlüpfen. Das dumpfe Gefühl in meinem Kopf scheint sich eingenistet zu haben. Wenn das hier alles vorbei ist, werde ich keinen Alkohol mehr trinken, erinnere ich mich an meinen Vorsatz und eile nach einem Abstecher ins Bad die Treppen hinunter.

»Guten Morgen«, sage ich, als ich ins Esszimmer trete und den gedeckten Tisch sehe. Ingi hat mal wieder ganze Arbeit geleistet. Außerdem ist der leere Platz neben Ingi mit Rosenblättern umrankt und eine Karte mit der Zahl fünfzig springt mir ins Auge.

Ingi sitzt mit Rainer und Jochen links vom Tisch, meine Familie rechts. Meine Freunde strahlen mir entgegen, meine Mutter schmiert den Jungs ein paar Brote. Die Kleine quengelt auf Bernds Arm.

»Alles Gute zum Geburtstag!«, dröhnen die drei mir entgegen. Die anderen fallen mit ein und meine Mutter stimmt ›Viel Glück und viel Segen‹ an und alle singen mit. Conny kommt verspätet hinzu, so wie sie riecht, direkt aus der Dusche, und umarmt mich. Ich stinke noch nach dem Feuer von gestern Abend, fällt mir ein.

»Alles Liebe und Gute in deinem neuen Lebensjahrzehnt«, sagt sie.

»Danke, danke.« Wird meine Lebenszeit ab jetzt nur noch in Dekaden gemessen?

»Entschuldige«, murmle ich Ingi zu, als ich mich neben sie setze. »Eigentlich wollte ich beim Frühstück helfen. Warum seid ihr denn alle schon so früh auf?«

Statt mir zu antworten, schenkt sie mir Kaffee ein und lächelt.

Nachdem ich die erste Dosis Koffein intus habe und die restliche Unterhaltung am Tisch so laut ist, dass es niemand hört, sage ich zu ihr: »Wir tragen nachher deine Sachen hoch zu mir. Da ist es ruhiger. Also, wenn es dir nichts ausmacht, mit mir ein Doppelbett zu teilen«, schiebe ich rasch hinterher.

Ingi sagt erst nichts. Als ich schon fürchte, dass sie dankend ablehnt, raunt sie mir zu, ohne mich anzusehen: »Jetzt gleich, oder muss ich erst noch zu Ende frühstücken?«

Ich lache auf, verschlucke mich beinahe. »Wie du willst«, sage ich und wende mich gutgelaunt Jochen und Rainer zu, die mich etwas zum heutigen Tagesablauf fragen.

»Wenn heute Gäste eintreffen, achtet bitte alle darauf, dass sie die Zufahrt gegenüber nicht blockieren. Der Campingplatzbetreiber ist da nicht zimperlich. Der ruft sofort die Polizei, wenn da ein Wohnwagengespann nicht um die Kurve kommt. Also, alle Autos bitte die Straße weiter runter parken. Vielleicht könnt ihr alle mit ein Auge darauf haben.« Dann besprechen wir, wer noch wobei helfen kann. »Ach, noch was fällt mir ein: Falls ihr eure Autos vor dem Haus stehen habt, würde ich euch bitten, umzuparken, um den Gästen den Vortritt zu lassen, die erst ganz spät kommen können oder schlecht zu Fuß sind. Mein Onkel und meine Tante beispielsweise sind nicht gut zu Fuß. Tante Gundl geht mittlerweile am Rollator. Es wäre also schön, wenn die beiden möglichst nah herfahren könnten.«

Die Kleinsten am Tisch verschwinden in den Garten und es wird ruhiger. Mutter nutzt die Gelegenheit, um Jochen wieder in ein Gespräch übers Reisen zu verwickeln. Sie stellt es so an, dass sie innerhalb kürzester Zeit von ihrer Reise zur Chinesischen Mauer berichten kann.

»Nein, echt?«, staunt Jochen. »Da waren Sie schon?«

»Aber ja«, sagt Mutter aus vollem Herzen. Sie erwähnt mit keiner Silbe, dass ich zwei Wochen lang an ihrer Seite war, um ihr die Reise so leicht wie möglich zu machen. Sie hatte mich gebeten, sie zu begleiten, und eigentlich hatte ich mir schon nach diesem Urlaub geschworen, mich nie wieder auf so etwas einzulassen. Aber ich habe sie auch im Folgejahr auf einer Reise von Moskau zum Baikalsee begleitet, eben die ganze Strecke mit der Transsibirischen Eisenbahn. Danach konnte ich ein Vierteljahr lang keine Züge mehr sehen. Sicher war es hochinteressant und die Landschaft wirklich umwerfend schön. Aber ich hätte viel lieber mit dem Camper irgendwo dort gestanden oder einen Teil der Strecke zu Fuß mit meinem Rucksack durchquert. Nichts ist für mich so schlimm, wie mit einem Haufen fremder Menschen auf engstem Raum zusammengepfercht zu sein. Die vielen Gesichter und Stimmungen, die vielen Gespräche und Wörter in meinem Kopf. Sogar in der Nacht hatte ich Texte vor meinen Augen, seitenweise gesprochener Dialoge. Nicht umsonst habe ich keinen sozialen, sondern einen technischen Beruf ergriffen. Ich muss ausreichend Raum haben, um in aller Stille meinen Gedanken nachhängen zu können. In Anwesenheit anderer bin ich kaum kreativ, und in meinem privaten Leben brauche ich das Alleinsein, das es mir ermöglicht, mir meiner eigenen Wünsche und Sehnsüchte bewusst zu werden. Meine Mutter ist das genaue Gegenteil von mir. Sie läuft in Gegenwart anderer zur Höchstform auf. Manchmal denke ich, wir haben nichts gemeinsam.

»Wer möchte noch Kaffee?«, fragt Ingi. »Dann setz ich jetzt noch eine Kanne auf.«

»Ja, mach mal«, sage ich. Eine Kanne brauche ich mindestens noch – für mich ganz allein.

Es wird eine richtig gemütliche Frühstücksrunde, bei der wir viel lachen und uns austauschen. Und gerade, als es so richtig gemütlich ist, steigt Hannah die Treppe zu uns hoch. »Die Buben spielen Fußball und haben alle Gerbera zertrampelt. Guckt mal jemand nach denen?« Ihre Stimme ist nicht mehr freundlich. »Echt, so geht das nicht. Dafür mache ich mir nicht die Mühe mit dem Garten. Wenn die beiden nicht auf mich hören, dann müssen sie einfach beaufsichtigt werden.«

Als sie mich sieht, hält sie inne. »Guten Morgen, Andy! Alles Gute noch mal«, sagt sie und ich merke, wie sehr sie sich bemüht, ihren Ärger herunterzuschlucken, und dann beugt sie sich zu mir, küsst mich auf die Wange und sagt dicht an meinem Ohr: »Entschuldige, aber das musste sein.«

Ich nicke nur. Mein Bruder sagt keinen Ton und geht hinunter. Mutter sagt ebenfalls nichts, was sehr viel heißt. Erst als Hannah fort ist, schüttelt sie den Kopf, schürzt die Lippen. »Wenn ich mich in meinem Leben über jede Kleinigkeit aufgeregt hätte, dann …«

Ich kann Connys Gesicht nicht ertragen, wie sie mit dem Ausdruck größter Selbstgerechtigkeit die Augen verdreht. *Dummdreist*, drängt sich mir auf. Jetzt habe ich keine Lust mehr zu schweigen. »Hannah gibt sich sehr viel Mühe mit diesem Grundstück und hat den Garten in einen richtigen Park verwandelt. Man könnte das anerkennen, indem man den Kindern sagt, dass sie nur im hinteren Bereich kicken dürfen. Dort haben sie Platz genug, um zu toben, ohne die Arbeit anderer kaputt zu machen. Komm, wir gehen«, sage ich zu Ingi und stehe unvermittelt auf. »Bis der Kaffee durchgelaufen ist, tragen wir deine Sachen nach oben.« Ich werfe einen Blick auf meine Schwägerin, in der Hoffnung, dass es ihr vielleicht mal peinlich ist, aber sie sieht mich nur an, als begreife sie gar nicht, warum ich mich aufrege.

Als wir schon im Flur sind, höre ich meine Mutter sagen: »Also nein! Wie ungemütlich.«

Gemeinsam tragen wir Ingis Gepäck aus dem Zimmer. Am Bad macht sie Halt und entfernt ein Badehandtuch von der Tür. Wir steigen die schmale Treppe nach oben und schon auf dem Weg merke ich, wie sehr mir die Idee gefällt. Ingi bei mir. Das hat was.

Die Bettbezüge passen natürlich nicht zusammen, aber das Gesamte sieht sehr anheimelnd aus. Der Raum wirkt endlich ausreichend bewohnt. Es fühlt sich für mich auch nicht zu eng an, sie hier bei mir zu haben. Ingi ist eben etwas Besonderes. Entschuldigend sage ich: »Sorry. Ich hatte gedacht, ein Zimmer für dich allein würde dir vielleicht besser gefallen als hier oben mit mir. Aber da wusste ich noch nicht, dass die zwei Tage früher kommen. Da hast du ja echt keine Ruhe mehr gehabt.«

Sie äußert sich nicht weiter dazu, aber lächelt geradezu glücklich. »Ich glaube, der Kaffee ist durch. Lass uns wieder nach unten gehen.«

Ich werfe noch einmal einen Blick auf das Bett. Ja, es gefällt mir. Egal, was heute noch alles kommt, es wird ein schöner Tag werden.

Wir frühstücken alle gemeinsam zu Ende, auch mein Bruder ist wieder anwesend. Kein Wort über abgeknickte Blumen und ungezogene Kinder, man schweigt darüber.

Ingi und ich räumen den Tisch ab, sogar Conny läuft einmal in die Küche und bringt das Brotkörbchen zurück. Als das Geschirr in der Spülmaschine ist und die Arbeitsflächen wieder sauber sind, macht Ingi sich daran, die Salate vorzubereiten.

»Wohin sind denn die Gurken verschwunden?«, fragt sie bei einem Blick in den Kühlschrank.

»Keine Ahnung«, sage ich, weiß aber sehr wohl, wer Gurken im Unverstand in sich hineinfressen kann. Ich gehe nach draußen und finde meinen Bruder auf der Gartenbank vor dem Haus. Rainer ist gerade dabei, sein Auto wegzustellen, und bevor ich meinen Bruder fragen kann, wo die Gurken abgeblieben sind, sehe ich sein Auto in der Einfahrt stehen. »Was ist mit deinem Auto? Stellst du es gleich weg oder erst später?«

»Ich? Nee, du! Das geht nicht. Wir brauchen den Kinderwagen in der Nähe und das ganze Zeugs wegen der Kleinen und …« Er tut, als verlange ich von ihm einen Kilometer entfernt zu parken, dabei wären es gerade mal fünfzig Meter.

»Ich brauche Platz in der Einfahrt für Tante Gundl!«, unterbreche ich ihn.

Für einen kurzen Moment werden seine Augen schmal und er runzelt die Stirn. »Dann lass doch das Wohnmobil oder den Bus wegfahren. Du hast mich nicht rumzukommandieren.«

»Doch. Heute ist mein Geburtstag, und ich werde dafür Sorge tragen, dass meine älteren Gäste sich nicht abquälen müssen, um hierherzukommen, bloß weil mein eigener Bruder keinen Bock hat, seine Karre wegzustellen. Und wenn du schon im Auto sitzt, kannst du gleich einkaufen fahren und das Kilo Gurken ersetzen, das du weggefressen hast! Ingi braucht die jetzt nämlich.«

Mein Bruder stößt abfällig die Luft aus der Nase. »Reg dich bloß ab. So wie du drauf bist, ist es fraglich, ob sich heute überhaupt Gäste her trauen!« Er lacht über seinen eigenen Witz, steht auf und lässt mich stehen.

»Stell dein Auto weg!«, schreie ich ihm hinterher. Und jetzt klinge ich wirklich böse. Es tut gut, das rauszulassen, und in dem Augenblick entscheide ich, mir nicht länger von ihm auf der Nase herumtanzen zu lassen. Von ihm nicht und von meiner Mutter auch nicht.

Ich bin fünfzig – ab heute ist Schluss damit!

Ich geh nach oben ins Bad und kümmere mich die nächste Stunde nur um mich.

NEUNZEHN

BERND STELLT sein Auto erst weg, nachdem ich zu Mutter sage: »Tante Gundl und Onkel Karl kommen heute auch.«

»Du hast sie eingeladen? Das ist ja nett. Dann sehen wir sie auch mal wieder. Die werden nicht jünger, die beiden. Man soll feiern, solange es noch geht.«

Dein Wort in Gottes Ohr! »Sie sind beide nicht mehr gut zu Fuß. Sag deinem Sohn, er soll den Parkplatz vor dem Haus frei machen.«

Mutter sieht mich einen Augenblick lang an, sagt aber nichts. Erst viel später höre ich zufällig durch Hannahs halboffenes Küchenfenster, wie sie zu meinem Bruder sagt: »Deine Schwester ist heute etwas nervös wegen der ganzen Feierei. Sei ein Kavalier und stell dein Auto weg.«

Scheiß auf Kavalier! Für einen kurzen Moment regt sich in mir der Impuls, hinauszugehen und ihnen die Meinung zu geigen, doch da betritt Hannah die Küche. »Andy, da sind Gäste angekommen, aus deiner Realschulzeit. Sie sitzen im Garten.«

»Ich komme«, sage ich, lege das Geschirrtuch hin und gehe hinaus. Warum hält sich eigentlich niemand an die Zeit, die in der Einladung steht? Ich hatte deutlich Samstag, 17:00 Uhr geschrieben. Ich habe extra noch mal nachgelesen, um jedes Missverständnis auszuschließen. Jetzt ist es noch nicht einmal halb eins!

»Hey!« Ich erkenne meine Freunde aus der Realschulzeit kaum. Aber wenn einer der Männer mich so anlächelt, hat das einen gewissen Wiedererkennungswert. »Rolf?«, frage ich unsicher. Zumindest hieß der Junge so, hinter dem ich zwei Jahre lang die Schulbank gedrückt habe. Der bärtige Mann grinst und in seinen Augen schimmert der Schalk von früher. Er ist es! »Rolf!« Wir fallen uns um den Hals und nach und nach erkenne ich auch die anderen wieder. »Ich fass es nicht! Wie schön, euch alle wiederzusehen!«

»Wir wollten eigentlich noch gar nicht bei dir aufschlagen, wir hatten uns nur mit einem gewissen Sicherheitspuffer hier verabredet. Wir können natürlich noch ein bisschen den Neckar entlang spazieren gehen und irgendwo einen Kaffee trinken.«

»Quatsch, ihr bleibt natürlich!«, bestimme ich. »Dann haben wir jetzt wenigstens noch ein bisschen unsere Ruhe und können über frühere Zeiten reden, bevor alle anderen hier sind.«

»Ach«, beginnt Rolf, »wir haben noch jemanden mitgebracht. Vielleicht erkennst du ihn noch?« Sein Kopf deutet in die Richtung der Bank unter dem Rosenbusch. Meine Mutter sitzt darauf, neben ihr ein älterer Herr in Weiß und Kaki gekleidet. Er sieht ein bisschen so aus wie ein Tourist auf Safari – und er unterhält sich angeregt mit meiner Mutter.

»Wer ist das?«, frage ich ohne die leiseste Ahnung.

»Na, der Schulze!«

»Unser Schulze?«, frage ich perplex. Also, der, der mir immer noch eine Zwei gegeben hatte, wenn ich auf 2,5 stand? *Der* Schulze! Er mochte mich, und ich ihn.

»Ich fass es nicht!«, sage ich wieder und gehe auf ihn zu, gefolgt von meinem kleinen Pulk ehemaliger Klassenkameraden, die jetzt sichtlich ihre Freude daran haben, dass ihnen die Überraschung geglückt ist.

»Herr Schulze?« Ich blicke auf den freundlichen alten

Herrn, der mich nun so kritisch mustert, wie es meine Mutter immer tut.

»Andy, bist du es?« Er lächelt höflich. »Ja, natürlich, diese Augen hätte ich überall wiedererkannt. Du bist ja immer noch so hübsch wie damals.«

Die Übergriffigkeit seiner Worte ist ihm nicht bewusst, und die Tatsache, dass er mich duzt, setzt in mir nicht den Reflex frei, dasselbe zu tun. Damals war er der hübscheste Mann im gesamten Lehrerzimmer und wir vier Jahre lang seine Klasse. Wir haben ihn geliebt. »Ist das mal eine Überraschung! Es freut mich sehr, Sie wiederzusehen!«

Er lächelt und nickt, nimmt keinen Anstoß daran, dass ich ihn sieze. »Deine Frau Mutter hat mir schon einiges über dich erzählt, was aus dir geworden ist. Du bist also jetzt in der Produktion und Entwicklung tätig. Wie interessant.«

Ich empfinde es plötzlich noch unpassender, von ihm geduzt zu werden, und überspiele es rasch, bevor man es mir ansieht: »Darf ich Ihnen schon mal Kaffee und Kuchen anbieten? Meines Wissens ist das schon fertig.«

»Aber gerne«, sagt er ohne Umschweife. »Wenn es schon Kaffee gibt.«

»Oh, für mich auch«, ruft meine Mutter mir hinterher, »es gab ja heute kein Mittagessen.«

»Ich bring schon mal was raus«, sage ich auch mit Blick auf meine früheren Schulfreunde. »Dauert nur einen kurzen Moment.«

Ich eile ins Haus, suche Hannah und Ingi, finde beide in Hannahs Küche. Auch hier, in diesem sonst so gemütlichen Zufluchtsort, herrscht Chaos. Überall steht etwas auf Tischen und Arbeitsflächen, die beiden Frauen arbeiten und auch Hannahs Tochter hilft mit und schneidet Pellkartoffeln in feine Scheiben.

»Haben sie dich auch eingespannt?«, erkundige ich mich halb beschämt, halb erfreut.

Sie lächelt mit der Unsicherheit, die Teenagern anhaftet.

»Ja. Aber es macht mir Spaß«, versichert sie mir rasch. Wie goldig!

»Kann ich schon ein oder zwei Kuchen mit nach draußen nehmen und eine Kanne Kaffee dazu bekommen?«

Beide Frauen schauen nicht begeistert.

»Mein früherer Klassenlehrer ist da und ein paar der Kameraden von damals und Mutter meint, sie könnte jetzt auch einen Kaffee …«

»Deine Mutter«, wiederholt Hannah und wirft das Geschirrtuch hin. »Was ist denn eigentlich aus ihrem Mirabellenkuchen geworden, den sie so groß angekündigt hat?«

»Keine Ahnung.« Ich zucke mit den Schultern.

»Die paar Mirabellen, die sie gestern entsteint hat, haben die Buben aufgegessen. Und der Korb oben in der Küche sieht noch so ziemlich unangetastet aus«, schimpft Ingi.

Ich habe jetzt keine Zeit, darauf einzugehen. »Also, was ist jetzt? Kann ich einen Kuchen mit nach draußen nehmen?«

»Klar.« Ingi trocknet sich die Hände ab, drückt mir ein Blech mit Apfelkuchen in die Hand und zeigt auf einen Johannisbeerkuchen. »Den darfst du auch nehmen.« Auf der Schwarzwälder Kirschtorte vor ihr steht mit großen Schokoladenbuchstaben die Zahl 50. »Das ist deine Geburtstagstorte. Die bleibt hier«, sagt sie.

Die Torte sieht wunderbar aus.

»Der Apfelkuchen reicht«, entscheide ich, weil ich meiner Mutter den Johannisbeerkuchen nicht gönne. Auf den »Träubleskuchen« würde sie sich nämlich stürzen wie die Fruchtfliegen auf ihre doofen Mirabellen.

Ingi überlegt, gibt mir den Kastenkuchen mit. »Ich hoffe, dass die Glasur schon fest genug ist. Kaffee bringe ich.« Sie nimmt eine Thermoskanne in die Hand.

»Setzt du noch Kaffee auf?«, fragt sie Hannah, bevor sie mit mir nach draußen verschwindet. Der Kuchen bleibt nicht unentdeckt. Rainer und Jochen meinen es gut, helfen, Teller, Tassen und Besteck nach draußen zu tragen und für Bernd ist es eine Einladung. »Oh, es gibt Kaffee?«

Alle Anwesenden bedienen sich nun. Rufe werden laut nach noch mehr Milch und noch mehr Zucker und noch mehr Kuchen. Ich habe es Ingi und Hannah zu verdanken, die beim Backen über sich hinausgewachsen sind, dass für die Gäste, die zur angegebenen Uhrzeit kommen, überhaupt noch Kuchen da sein wird.

Viertel vor fünf kommt die Verwandtschaft, ein Pulk an Vettern und Cousinen samt ihren Familien, und natürlich Onkel Karl und Tante Gundl. Die freut sich.

»Nein! Was für eine nette Idee, Andy, hier zu feiern. Und eine noch bessere Idee, uns dazu einzuladen.« Sie fährt mit ihrem Rollator in den Garten und ist verzückt. »Mein Gott, ist das hier schön! Wer hat denn das alles so wunderbar dekoriert?«

»Ich habe ein paar Engel an der Hand, die mir helfen.«

Tante Gundl nickt heftig. »Das hast du, Kind. Das hast du. Was ihr aus dem alten Haus gemacht habt! Nicht wahr, Karl?«

Der Angesprochene nickt. »Ja, wirklich schön geworden. Und du hast ja ein ausgesprochen gutes Wetter heute.«

»Wenn Andy Geburtstag hat, scheint immer die Sonne«, sagt Tante Gundl voller Überzeugung.

Ich lache darüber. Ich kann mich an mindestens fünfzehn verregnete Geburtstage erinnern. Tante Gundl lässt es nicht gelten. »Du bist ein Sonnenkind«, sagt sie schlicht und einfach.

Warum hat meine Mutter nicht so ein kleines bisschen von ihr?

ZWANZIG

UM PUNKT 17:00 Uhr steht da ein weiß bezogener Tisch vor der Scheune, mit einer imposanten Menge an Sektgläsern, in Reih und Glied geordnet. Und dann knallen die Korken. Jochen und Rainer lassen die Luft aus den Gläsern und ich halte aus dem Stegreif eine Rede, weil alles so herrlich festlich aussieht. Ich heiße alle herzlich willkommen, beschreibe das kulinarische Angebot, das sich weit über unsere primäre Planung hinausentwickelt hat, sage, wo man was findet und an wen man sich wenden soll, wenn etwas fehlt. Ich verliere ein paar Worte zum Ablauf des heutigen Tages und stelle die wichtigsten Anwesenden vor. Weil ich mich an das Protokoll halte, beginne ich mit meiner Mutter, die sich lächelnd erhebt und es genießt, im Mittelpunkt zu stehen. »Mein Bruder, seine Frau Conny und ihre Kinder«, sage ich, unterstreiche meine Worte lediglich mit einer knappen Geste. Ich erwähne die Namen meiner Cousinen und Vettern, meiner Tanten und Onkel, in dem Wissen, dass sie sich sowieso niemand merken wird. Dann stelle ich meine Freunde vor, beginne mit den jüngeren. Als Letzte in meiner Vorstellungsrunde ziehe ich Ingi an mich, als sie sich emsig davon machen will, um weiteren Nachschub zu holen, und sage: »Das ist Ingi, meine älteste Freundin aus der Grundschulzeit. Sie gehört zu dem

Team der Engel, die diese Party hier wuppen. Diesem Dream-Team vielen, vielen Dank für all seine Mühe!« Ich deute auf Hannah, Rainer und Jochen, die ganz in meiner Nähe stehen. »Ohne euch wäre der Tag heute nicht denkbar gewesen.« Ingi an meiner Seite ist ganz gerührt. Als ich sie loslasse, zieht sie rasch ab und ich komme zu meinem Schlusssatz: »Ich wünsche uns nun allen einen wunderschönen Tag mit erfrischenden Begegnungen und viel guter Laune. Prost!«

»Prost«, johlt es mir entgegen, und wie das so ist, fängt meine Verwandtschaft an zu singen. Diesmal singen sie »Wie schön, dass du geboren bist, wir hätten dich sonst sehr vermisst«. Meine Freunde steigen in den Gesang ein. Gerührt lausche ich und trinke mein Glas in einem Zug leer. Dann schneide ich meine Geburtstagstorte an, die feierlich zu mir getragen wird. Es ist die appetitlichste Torte, die ich je gesehen habe. Das erste Stück gehört mir und ich weiß, es wird das Einzige bleiben, denn nach mir stürzen sich alle darauf. Meine beiden Engel tragen die restlichen Kuchen nach draußen. Niemand muss Not leiden. Es ist genügend da.

Die Plätze im Garten, in der Scheune und im Partyzelt sind jetzt alle belegt. Die umfunktionierte Werkbank, auf dem zwei Stunden später das Buffet eröffnet ist, wird zum höchst frequentierten Ort des Anwesens. Grüppchen bilden sich, die Gäste tauschen sich aus, lachen, amüsieren sich. Überall höre ich anerkennende Worte: »Hast du die Grünkernfrikadellen probiert? Oberlecker«, oder: »Der Braten ist sowas von zart. Sehr gelungen, und die Soße erst.«

In Gedanken küsse ich Hannah und Ingi und weiß gar nicht, wie ich das jemals wiedergutmachen kann.

Inmitten des Treibens bahnen sich die beiden unermüdlich ihren Weg durch die Gäste, liefern frische Gläser und saubere Teller, bringen Nachschub an Brot, Salaten, Braten, Leberkäse, Grünkernfrikadellen, Kuchen … Ich staune darüber und komme mir vor wie im Märchen. Tischlein deck dich, oder so.

»Was kann ich helfen?«, frage ich.

»Kümmere dich um deine Gäste«, bekomme ich zur Antwort.

Für einen andächtigen Moment atme ich tief durch und betrachte das ganze Szenario.

Genauso hatte ich es mir gewünscht. Überall ist Leben, und alles wegen mir. Mein Handy läutet und ich erkenne Anns Nummer. Jetzt nicht. Diesen Moment werde ich mir nicht zerstören lassen. Ich drücke sie weg, nehme mein Handy und lege es auf einen Balken in der Scheune. Dort kann es von mir aus liegen bleiben, bis ich wieder abreise.

Dann setze ich mich zu meinen Freunden und hänsle Benne ein bisschen, weil er ein kariertes Hemd anhat. »Wie sagten wir früher: Karohemd und Samenstau – ich studier' Maschinenbau?«

Alle lachen. Der Satz ist uns allen in Erinnerung geblieben.

Benne hat als Einziger von uns Maschinenbau studiert. Mittlerweile ist er verheiratet und hat Kinder im Teenageralter. Grinsend meint er: »Das mit dem Samenstau hat sich aber verändert.«

Gerne hätte ich mich jetzt noch ein Weilchen mit meinen Freunden unterhalten, aber meine Cousine erhebt sich und verlautet: »Liebe Andy! Zu deinem Geburtstag haben wir uns etwas Besonderes ausgedacht. Kommst du bitte mal nach vorne?«

Vorne stehen schon ihr Mann und ihre beiden Kinder. In den Händen halten sie ein Körbchen mit vielen kleinen Päckchen drin. Oh nein! Bitte nicht! Nicht diese Nummer mit all den bescheuerten Sachen, die man ab fünfzig braucht. Haben wir wirklich vergessen, auf den Einladungen einen Hinweis draufzuschreiben, dass ich kein Programm wünsche? Ganz offensichtlich haben wir das vergessen.

Und schon beginnt meine Cousine zu rezitieren: »Nehmt das Alter nicht so schwer, tragt es mit Humor.« Hallo? Ich bin fünfzig geworden. Nicht achtzig. Aber meine Familie hat scheinbar ihren Spaß daran. Alle lachen. Und dann liest sie Vers für Vers, was ich in Zukunft alles brauchen werde:

Creme gegen meine Falten, Zäpfchen gegen Hämorriden, die mir unter großem Gegröle übergeben werden, Baldriantee für den guten Schlaf. Kann ich davon bitte gleich eine Tasse bekommen? Und so geht das die ganze Zeit, bis sich das Häufchen kleiner Geschenke vor mir türmt und mein Bruder schon Lachtränen in den Augen hat.

Als es endlich vorüber ist, verteilen sie Liederzettel und wir singen alle nach der Melodie ›Auf dr Schwäb'sche Eisabahna‹: »Mancher hat so mit den Jahren, wie auch wir es hab'n erfahren, ohne dass man dafür kann, eine kleine Speckschicht an!« Nun ja, und die Strophe zwei handelt dann von der Verzweiflung bei dem Versuch, abzunehmen. Völlig ungeachtet der Tatsache, dass ich weder Übergewicht habe noch die Notwendigkeit zum Abnehmen vorliegt, singen wir alle den freudigen Programmpunkt tapfer durch und ich bedanke mich anschließend in aller Form dafür. Unter Applaus wird meine Cousine entlassen und ich hoffe inständig, dass keine weiteren Programmpunkte folgen.

Doch mein Wunsch erfüllt sich nicht. Als wir gerade wieder in ein Gespräch eingetaucht sind, beginnt eine andere Cousine ein fröhliches Blumenquiz, bei dem meine Mutter brilliert und den ersten Preis abschöpft: eine Packung Schokoküsse.

Falls ich je noch einmal im Leben Geburtstag feiere, werde ich einen dicken Vermerk auf die Einladungen nicht vergessen: *Bitte kein Programm!*

EINUNDZWANZIG

Das Fest ist in vollem Gange, als ich sehe, wie sich zwei Frauen durch das Gedränge schieben und sich suchend umsehen. Bei dem Anblick der beiden reagieren meine Magennerven, sofort wird mir flau zumute. Sigi und Biene! Freundinnen von Ann und mir. Die Einzigen bisher, aus unserem gemeinsamen Freundespool, die meiner Einladung gefolgt sind. Als sie mich entdecken, winken sie fröhlich und ich entschuldige mich bei meinem Gesprächspartner, stehe auf und gehe ihnen entgegen.

»Mann, hier geht's ja ab!«, sagt Biene begeistert und fällt mir um den Hals. »Herzlichen Glückwunsch!«

Sigi folgt ihrem Beispiel, schließt mich ebenfalls in die Arme, überhäuft mich mit Glück- und Segenswünschen und reicht mir ein ganzes Spankörbchen mit Geschenken und einem wunderschönen Strauß aus ihrem Bauerngarten. Ich bin ganz geplättet. Dann kommt das, auf was ich gewartet habe. »Es tut uns ja so leid, dass ihr auseinandergegangen seid. Wir sind noch ganz geschockt. Wenn irgendjemand ein Beispiel für eine gute Beziehung war, dann doch ihr beiden. Ann und du, ihr habt so wunderbar zusammengepasst …«

»Offenbar doch nicht!«, unterbreche ich sie, überhöre großzügig das ›auseinandergegangen seid‹, denn davon kann keine Rede sein, ich bin vielleicht ›auseinandergegangen worden‹, oder so. Aber es gelingt mir sogar ein Lachen. »Schön, dass ihr hier seid. Es freut mich riesig.« Und dann zeige ich ihnen, wo die Getränke stehen, wo sich das Buffet befindet, und die beiden bewundern alles um uns herum. Ingi bringt eine neue Schüssel mit Kartoffelsalat und eine mit Nudelsalat. Vom Braten ist noch so viel da, das muss wohl schon der zweite sein.

»Das ist Ingi«, stelle ich sie den beiden Frauen vor. »Meine Freundin aus frühster Schulzeit.«

Die Frauen begrüßen sich freundlich, aber kurz, denn Ingi muss gleich zurück in die Küche.

»Hannah und Ingi sind meine beiden Küchenengel«, wiederhole ich die Informationen aus der Vorstellungsrunde.

»Eine Freundin aus der Schulzeit?«, wiederholt Biene und ihr Blick folgt der emsigen Ingi. »Wie nett.«

So, wie sie es betont, höre ich da etwas heraus. Nein, möchte ich sagen. Ingi ist schon mein ganzes Leben für mich da gewesen, das hat nichts zu bedeuten, aber aus irgendeinem Grund sage ich nichts, lasse es einfach stehen. Die beiden sehen sich wissend an und lächeln. Ich fühle, wie sie mir mein Glück von Herzen gönnen würden, und es amüsiert mich.

»Ihr müsst unbedingt die Polenta mit Maronenfüllung probieren und die Grünkernfrikadellen. Die hat Ingi extra für euch Vegetarier gemacht«, sage ich.

Die beiden nehmen sich einen Teller, probieren von beidem, bedienen sich an den Salaten und ich sehe noch eine Platte mit gegrilltem Gemüse und Schafskäse und eine Platte mit Tomate und Mozzarella. Ingi!

»Das ist ja ganz köstlich. Die Frau kann kochen!«, höre ich Biene wenig später sagen.

Den Seinen gibt's der Herr im Schlaf, denke ich, oder sage ich es wirklich laut? Ich begleite die beiden ins Zelt, an meinen Tisch. Meine Freunde rücken zusammen, nehmen die Neuankömmlinge herzlich auf. Ich bin stolz auf meinen

Freundeskreis und ich bin stolz auf Ingi. Wie bin ich doch reich beschenkt an meinem Geburtstag!

Die Stimmung an unserem Tisch ist gelöst und es wird viel gelacht. Das macht meine Mutter neugierig. Sie gesellt sich zu uns, ich komme nicht umhin, ihr Biene und Sigi vorzustellen. Ich möchte nicht, dass sie sich zu uns setzt, denn dann ist die Atmosphäre im Arsch und sie erzählt nur wieder von sich. Zu höflichem Zuhören hat jetzt niemand Lust, entscheide ich, also komplimentiere ich sie wieder fort. »Schau mal da hinten, ich glaube, Bruce sucht dich gerade.« Es wirkt sofort, und sie verschwindet.

Wir unterhalten uns angeregt, scherzen miteinander und die beiden lachen und schäkern sofort mit den anderen mit. Erst viel später, als niemand von meinen Freunden zuhört, sagt Sigi vorsichtig: »Du kümmerst dich viel um deine Mutter, nicht wahr?«

»Wie kommst du darauf?«

»Nun, du verbringst deinen Urlaub mit ihr.«

Das klingt, als würde ich jeden freien Tag bei meiner Mutter sein. Ich wehre mich gegen diese Unterstellung. »Sie hat doch sonst niemanden mehr. Vater ist ja auch schon lange tot.«

Es entsteht eine Pause, bis Sigi ebenso vorsichtig weiterspricht. »Ich wüsste nicht, wie ich reagieren würde, wenn Biene wochenlang mit ihrer Mutter Urlaub machen wollte. Da habe ich Ann, wenn ich ehrlich bin, immer bewundert. Wie die das locker weggesteckt hat.«

Ich rechne es Sigi hoch an, mir dies so geradeaus zu sagen, und ich kenne sie gut genug, um zu wissen, dass sie sich dies lange vorher überlegt hat, sich mit Biene abgesprochen hat und es beide für notwendig empfunden haben, mir das mitzuteilen. Natürlich haben sie gemeinsam nach Gründen für das Scheitern meiner Beziehung mit Ann gesucht. »Sie hat sich nie darüber beschwert«, sage ich aus einem Reflex der Selbstverteidigung heraus.

»Ja, komisch.«

Ja, vielleicht, denke ich.

»Aber es ist schon eine besondere Konstellation bei euch gewesen. Du hast immer sehr viel Rücksicht auf deine Mutter genommen.« Ihr Bemühen, mir das möglichst achtsam zu sagen, schockt mich beinahe noch mehr als die Tatsache, dass die beiden ganz offensichtlich der Meinung sind, das Verhältnis zwischen mir und meiner Mutter sei nicht ganz normal. Was denken sie von mir? Dass etwas mit mir nicht stimmt? Plötzlich fühle ich mich müde und würde mich am liebsten eine Weile zurückziehen, um mich neu zu sortieren. Das geht aber nicht. Mein früherer Lehrer tritt an unseren Tisch. Die Gruppe ›Realschule‹ möchte sich von mir verabschieden und ich stehe dazu auf, begleite sie nach draußen, wechsle noch viele Worte mit ihnen und sie versichern mir herzlich, wie schön es war, sich wieder gesehen zu haben.

Als ich zu Biene und Sigi zurückkehre, bin ich gewappnet, bin stark genug, um zu sagen: »Wenn es Ann nicht gefallen hat, hätte sie nur einmal intervenieren müssen. Ich hatte all die Jahre das Gefühl, dass es ihr ganz recht war. Schließlich hatte sie ja auch ihre eigenen Interessen, und da hatte ich immer das Gefühl, zu stören.«

Biene und Sigi nicken beide beflissen. Überhaupt machen sie alles immer gemeinsam und Biene beeilt sich zu sagen: »Das war keine Kritik. Um Himmels willen. Ann hat sehr von dir profitiert.« Sie machte eine Pause, ehe sie es ausspricht. »Auch rein finanziell. All die Jahre. Nicht wahr?«

Ich hatte nie ein Problem damit, Ann mit ihrer Stelle im Reisebüro unter die Arme zu greifen. »Ist das nicht bei allen Paaren so?«, frage ich. »Egal, ob man nun verheiratet ist oder nicht.« Natürlich war ich diejenige, die den Löwenanteil zum Lebensunterhalt beigesteuert hat. Ann hatte ihr Einkommen eigentlich zu ihrer eigenen Verfügung. Schließlich hatte sie Spaß daran, die Boutique in unserer Nähe, die fair gehandelte, alternative Mode verkauft, zu unterstützen. Und voll recyclebare Schuhe, die trotzdem modisch aussehen, sind nicht gerade billig. Natürlich war Anns Lebensstandard mit mir ein anderer, als wenn sie Single gewesen wäre.

»Die wird sich ganz schön umgucken«, meint Biene. »Vielleicht muss sie jetzt mehr arbeiten, oder weißt du, was die Heidrun für einen Job hat?«

»Heidrun ist doch ihre neue Arbeitskollegin. Die wird ähnlich verdienen wie Ann.«

»Das gibt dann sicher eine Umstellung.«

Ich nicke nachdenklich. Es arbeitet in mir und ich bekomme plötzlich das Gefühl, nicht mehr allzu viel auszuhalten. In mir schreit eine Stimme nach einer Pause.

Das andere eingeladene Frauenpaar trifft ein. Es freut mich. Insgeheim hatte ich schon die Befürchtung, die beiden wollen nichts mehr von mir wissen. Aber weit gefehlt.

»Andy, meine Liebe! Herzlichen Glückwunsch zu deinem Fünfzigsten!« Beide umarmen mich, übergeben mir ein Geschenk mit einer stilvollen Schleife und eine langstielige Rose. »Tut uns leid, aber Beate hatte noch Spätschicht. Wir kamen nicht früher weg.« Und Beate sagt: »Es ist so traurig, dass ihr auseinandergegangen seid. Wir sind noch ganz im Schock! Für uns bist du nämlich die attraktivste Frau, die wir kennen!«, versichern mir die beiden mit entzückendem Lächeln.

»Je später der Abend, umso lieber werden mir die Gäste«, antworte ich grinsend und bin wieder versöhnt mit dem Tohuwabohu um mich herum.

Die ersten Verwandten verabschieden sich kurz darauf, wegen der kleinen Kinder. Die Verwandten, die noch da sind, nehmen mich jetzt in Beschlag, was auch richtig ist. Pflichtbewusst mache ich meine Runde. Sitze mal hier und mal da, unterhalte mich mit allen und bin etwas traurig, dass ich nicht allen gerecht werden kann. Ein Blick zu meinen Freunden zeigt mir aber, dass sie sich auch ohne mich ganz köstlich amüsieren.

Es geht gegen zehn, als Ingi und Hannah sich zu uns gesellen und die Runde komplett machen.

Ich flüstere Ingi ins Ohr: »Danke.«

Ingi lächelt und kommt an diesem Abend zum ersten Mal dazu, etwas zu essen. Irgendwann später lege ich meinen Arm um sie, küsse sie auf die Wange. Ingi wird ganz weich, als ich sie berühre, fällt mir auf.

»Trinkst du ein Bier oder lieber Wein?«, frage ich sie und hole Nachschub. Es gibt auch noch eine Flasche Sekt, die wir köpfen. »Auf alle, die zum Gelingen meiner Fete beigetragen haben!«, rufe ich aus.

Wir feiern bis spät in die Nacht. Nach und nach verabschieden sich die meisten Verwandten und die Freunde, die noch nach Hause fahren müssen. Bernd und Conny gehen noch vor zwölf ins Bett. Mutter verabschiedet sich ebenfalls. Die vielen Unterhaltungen haben sogar sie ermüdet. Bernd kommt etwas später wieder raus und fragt, ob wir leiser sein könnten.

Wir grölen vor Lachen. Manche sind schon zu betrunken, um ihn für voll zu nehmen. Andere noch nüchtern genug, um bewusst keine Rücksicht auf ihn zu nehmen.

Es ist fast halb zwei, als die Polizei eintrifft, weil sich Gäste vom Campingplatz gegenüber beschweren. Wir ziehen uns in die Scheune zurück und schließen die Tür.

Gegen halb vier löst sich auch der harte Kern der Feierlichkeiten auf.

Rainer entlässt mich gar nicht mehr aus seiner Umarmung. »Was für eine grandiose Idee, deinen Geburtstag hier zu feiern. Wer auch immer da draufgekommen ist.« Endlich schiebt er mich von sich, grinst selbstgefällig. Er schwankt etwas. Jochen hängt sich bei ihm ein und gemeinsam machen sie sich auf den Weg zum hinteren Teil des Gartens, wo ihr Zelt steht. Die Straße ist menschenleer, die Rezeption gegenüber und der gesamte Platz nur in dezentes Nachtlicht getaucht.

»Psst, leise«, machen die beiden und kichern. »Die rufen gleich nochmal die Polizei, die blöden Spießer.« Gemeinsam gehen sie davon.

Stille kehrt ein.

Wir räumen nur das Nötigste in Hannahs Küche. Dort sieht es aus, als hätte eine Bombe eingeschlagen. Irgendwo finden wir noch ein Plätzchen, um zumindest die Reste an Essen abgedeckt aufzubewahren.

Alles andere morgen Früh.

Ich nehme Ingis Hand und wir steigen die Treppen nach oben, gehen ins Bad und fallen danach in unser Bett. Sekunden später sind wir eingeschlafen.

ZWEIUNDZWANZIG

DER DRUCK in meinem Kopf am nächsten Morgen ist schon beinahe Gewohnheit. Aber etwas ist anders, und ich fühle es, bevor ich die Augen öffne. Ingi liegt neben mir, sie schläft noch. Ihr Atem geht leise und regelmäßig. Sie schnarcht kein bisschen. Ich wundere mich darüber. Ann hat immer geschnarcht. Als ich sie betrachte, muss ich lächeln. Sie ist schön. Im Schlaf hat sie etwas sehr Unschuldiges an sich. *Ingrid*, spreche ich in Gedanken ihren ganzen Namen aus. Er klingt vertrauenerweckend und zuverlässig. Und herrlich solide.

Von unten dringen Geräusche herauf, Stühle rücken, Kinderstimmen werden laut. Sie sind also schon wieder wach. Mit der Gewissheit, ihre Gegenwart heute zum letzten Mal aushalten zu müssen, schleiche ich mich aus dem Bett und stelle mich unter die Dusche.

Ingi schläft immer noch, als ich ins Zimmer zurückkehre. Sie erwacht auch nicht, als ich mir frische Kleider aus dem Schrank nehme und mich anziehe. Ich schließe leise die Tür hinter mir und gehe hinunter.

»Guten Morgen«, grüße ich in die Runde, die nur aus meiner Familie besteht: meine Mutter und Bernd mit Familie.

Ich habe das Gefühl, heute besser gewappnet zu sein als die Tage zuvor.

»Ist wohl spät geworden, was?«, bemerkt Bernd. »Mir war, als hätte ich die Polizei noch kommen hören.«

»Ach ja?« Wenn du es weißt, warum fragst du dann?

Es gibt Brötchen. »Hat die Oma geholt«, stellt Bernd fest. Ich greife mir ein Tafelbrötchen.

»Du magst doch sonst lieber Brezeln«, sagt Mutter sofort.

Heute nicht. Ich gebe einen undefinierbaren Laut von mir.

»Andy ist noch nicht ganz wach«, erklärt Conny ihren Kindern. »Sie ist ein Morgenmuffel.«

»Morgenmuffel, Morgenmuffel«, rufen die Kinder im Chor und mir wäre es lieber, sie wären weniger laut. »Pssst. Ingi schläft noch«, sage ich. Aber warum sollten sie jetzt auf einmal rücksichtsvoller werden? Wir waren es letzte Nacht auch nicht mehr.

Mutter führt jetzt aus, was sie sich so beim Brötchenkauf für grundlegende Gedanken gemacht hat. Für die Jungs die Laugenbrötchen, Mohnbrötchen für ihren Sohn und Conny und ich essen doch so gerne Brezeln. Ich überlasse es Conny, etwas zur Unterhaltung beizutragen. Meine Gedanken sind bei Ingi. Wie sie schlafend neben mir gelegen hat. So anmutig und schön. Sie sieht so couragiert aus mit den kurzen Haaren, und ich bemerke erst jetzt, dass sie es auch ist. Ingi hat Persönlichkeit.

»Möchtest du Marmelade auf dein Brötchen?«, fragt Conny neben mir. Ihr Blick ist auf meine Hand gerichtet, deren Daumen gerade die längliche Furche meines Tafelbrötchens liebkost. Eine Bewegung, die mir gar nicht bewusst war. Ich erschrecke darüber.

»Oh, danke. Gerne«, sage ich, irritiert über mich selbst. Sie wird der Geste hoffentlich keinerlei erotische Bedeutung zuordnen können.

»Wann war denn die Polizei hier?«, erkundigt sich Mutter.

Ich beiße von meinem Brötchen ab, habe den Mund voll und kann unmöglich antworten. Nichts regt meine Mutter so auf, wie mit vollem Mund zu sprechen. Ich belasse es also bei einem beiläufigen Nicken und spreche erst wieder, als das Thema auf den heutigen Tag kommt.

Heute Nachmittag um zwei Uhr werden sich alle, die mit ins Schloss gehen, am Schiffsanleger sammeln und nach Heidelberg fahren. Ich habe für uns ein eigenes Schiff bei den Neckar-Kapitänen gebucht. Im Schloss sind für uns ab sechs Uhr zwei Tische auf der Terrasse im historischen Backhaus reserviert. Wir werden gemeinsam à la carte essen, auf meine Kosten, versteht sich. Mein Bruder und die Kinder werden sich danach verabschieden und nach Hause aufbrechen, während meine Freunde und meine Mutter noch Anatevka im Schlosshof genießen. Tante Gundl und Onkel Karl kommen sehr gerne mit zum Essen und sind ganz im Glück. Sie werden allerdings nicht mit dem Schiff mitfahren, sondern mit dem Auto direkt dorthin kommen.

»Nehmt euch Regensachen mit«, ermahnt Mutter uns alle. »Der Wetterbericht hat bis zum Abend wechselhaftes Wetter vorhergesagt und der Schlosshof ist nicht überdacht.«

Da hat sie etwas wirklich Wichtiges gesagt und wir alle werden unsere Regensachen mitnehmen. Versprochen. Ich verwahre für Ingi ein Brötchen und etwas von ihrem Lieblingskäse und stehe auf. Die Arbeit wartet auf mich, das kann jeder am Frühstückstisch verstehen. Niemand bietet sich an, mir zu helfen. Mutter hat noch nicht einmal ihren nicht gebackenen Mirabellenkuchen erwähnt. Würde ich es tun, käme sie sicher mit einer Ausrede. Es war so viel da. Das wäre doch gar nicht alles weggekommen. Bernd hat es von ihr, fällt mir auf.

Sie unterhalten sich darüber, was sie bis zur Zeit des Treffpunkts noch so machen könnten. Mutter möchte auf jeden Fall noch zum Freibad und eine Runde schwimmen, denn das macht sie immer, wenn sie da ist, und gestern ist sie schon nicht dazu gekommen.

Danke, Mutter, dass du dir wegen mir solche Umstände machst.

»Ich bin dann mal weg. Bis später.«

HANNAHS KÜCHE IST ein einziges Chaos. Sie selbst ist nicht
da, sondern ist mit ihrer Tochter irgendetwas erledigen. Ich
weiß es, weil sie gestern Ingi gefragt hat, ob sie ihren kleinen
Fiat ausleihen darf. Also räume ich die Spülmaschine aus, die
wir am frühen Morgen noch angestellt haben, befülle sie
gleich wieder mit den gebrauchten Tellern und dem
dreckigen Besteck. Der Stapel wird dadurch kaum kleiner
und mir wird klar, dass die Maschine heute den ganzen Tag
laufen wird. Eine gute Ladung dreckiges Geschirr staple ich
in einen Wäschekorb und trage es zu mir rüber in die Küche,
sonst bekommen wir ein Zeitproblem.

Mutter meint mit einem Blick auf meinen Korb. »Willst du
das alles hier spülen? Kannst du das nicht in Hannahs Küche
lassen?«

»Hannah ist nicht unser Hausklave«, erwidere ich unge-
rührt. »Sie ist lediglich Mieterin.« Ich räume alles aus dem
Korb in die Maschine, ungeachtet ihres Einwands.

»Dann passt doch unser Frühstücksgeschirr nicht mehr
hinein, wenn du jetzt alles vollräumst.«

»Dann muss das eben warten oder du spülst es von
Hand.« Ich werfe einen Tab in die Klappe, schließe die
Maschine, stelle sie an und verlasse die Küche mitsamt
meinem Korb und Ingis Brötchen.

In Hannahs Küche beschmiere ich eine Hälfte mit Nugat-
creme, die Ingi so mag, die andere belege ich mit Käse. Dazu
brühe ich eine Kanne frischen Kaffee auf, schnappe mir zwei
Tassen und gehe damit ins obere Schlafzimmer. Conny sieht
mich, wie ich das Frühstückstablett nach oben trage. Sie
verliert kein Wort darüber und das ist gut so.

Leise öffne ich die Tür, aber nicht leise genug. Ingi
erwacht, lächelt, als sie mich mit dem Tablett sieht.

»Zimmerservice, für Leute, die sich gestern für mich
verausgabt haben«, sage ich. »Guten Morgen.«

»Du bist süß.« Ingi reibt sich die Augen, setzt sich auf. Es macht mir Spaß, sie dabei zu beobachten. Sie zieht die Beine an und ich setze mich an ihre Bettkante, schenke uns beiden Kaffee ein.

»Wie hast du geschlafen?«, frage ich.

»Sehr gut.« Sie lächelt schelmisch. »Hast du schon gefrühstückt?«

»Ja, gerade eben. Mit den anderen. Unten.«

»Und?«

Ihr Blick spricht Bände. Ich weiß sofort, was sie meint. »Heute noch. Morgen sind die meisten abgereist. Das halte ich noch aus.« Ich nehme einen tiefen Schluck aus meiner Tasse.

Ingi beißt von ihrem Brötchen ab. »Und danach? Was machst du, wenn alles hier vorüber ist? Wie geht dein Leben weiter?«

»Ich weiß es nicht. Hast du eine Wohnung für mich?« Es sollte ein Witz sein, aber kaum habe ich es ausgesprochen, fällt mir ein, dass Ingi wirklich eine hat.

Wir sehen uns an.

Sie scheint verlegen zu werden.

»Sorry, das war nicht ernst gemeint«, sage ich rasch, um ihr ein deutliches ›Nein‹ mir gegenüber zu ersparen.

Aber das wollte sie offenbar gar nicht sagen. »Ich wollte dich das schon längst fragen. Möchtest du nicht zu mir ins Haus ziehen? Also …« Sie wird ganz aufgeregt. »Oben die Wohnung ist doch seit Jahren frei. Ich habe es bis jetzt nicht geschafft, sie zu vermieten. Sie ist leer, seit meine Mutter verstorben ist.«

»Pliezhausen«, sage ich nachdenklich.

»Das wäre doch nicht zu weit weg von deiner Arbeit?«, fragt Ingi. Ihre Stimme ist dünn. Sie legt das Brötchen zurück auf den Teller, sieht mich an. Nussnugatcreme hängt an ihrer Lippe. Ich kann meinen Blick kaum davon abwenden. »Nein. Im Gegenteil, es wäre sogar noch näher an meiner Arbeitsstelle als bisher«, höre ich mich sagen.

»Oh ja!«, sagt sie.

»Aber nur mit einem geregelten Vertrag in ortsüblicher Miethöhe. Ich möchte dich nicht noch mehr ausnutzen, Ingi.« Der Gedanke gefällt mir. Das wäre eine fantastische Lösung. Pliezhausen ist nicht das schlechteste Fleckchen Erde. Von dort aus kommt man überall hin. Und vielleicht würde es sich ganz interessant anfühlen, dorthin zurückzukehren, wo ich die längste Zeit meiner Schulzeit verbracht habe.

»Ja, natürlich. Nur mit Mietvertrag«, verspricht Ingi. »Die Wohnung ist top in Schuss, also ich habe sie nicht vernachlässigt. Sie ist geputzt und Warmwasser kommt nach wie vor, und ... du müsstest sie dir eben renovieren.«

»Dann könnten wir doch gemeinsam aufbrechen, wenn das hier alles vorüber ist«, schlage ich vor, »oder möchtest du noch ein paar Tage hierbleiben?« Dann habe ich eine Idee. »Oder darf ich dich noch irgendwohin auf einen Kurztrip einladen, sozusagen zur Erholung? Wann musst du denn wieder arbeiten gehen?«

»Ich, äh«, zögert Ingi. »Ich habe doch eine Katze. Sicher guckt die Nachbarin nach ihr, aber ich ... ich habe ihr versprochen, dass ich bis Montag zurück bin.« Ihr Blick geht mir unter die Haut.

»Stimmt, Molly«, sage ich, weil ich mich an Ingis Katze gut erinnern kann. Sie ist süß. »Na dann. Gehen wir direkt nach Pliezhausen. Dann freut sich die Katze und mein Chef auch, wenn ich nicht mehr allzu lange ausfalle.«

Ingi strahlt und ich bin auch glücklich damit.

Nur noch den heutigen Tag, dann kehrt auch schon fast mein geregeltes Leben zu mir zurück, wird mir bewusst. »Ich weiß nicht, was ich sagen soll.« Mir wird wohlig warm.

Wir sitzen noch eine Weile so da und Ingi frühstückt zu Ende. Dann schwingt sie sich aus dem Bett. »Ich dusch dann mal.«

Ich klappe meinen Laptop auf, logge mich ins Betriebsnetz ein, checke die Lage, setze ein paar Mails ab, gebe Bescheid, Mitte der kommenden Woche wieder persönlich anwesend zu sein, klicke die Teilnahme an verschiedenen Meetings an. Mir wird ganz leicht dabei. Mein Leben geht weiter.

Als Ingi vom Bad kommt, klappe ich alles zu. Wir gehen hinunter in den Garten und räumen auf. Hannah ist wieder zu Hause: »So ein süßes kleines Auto!«, sagt sie zu Ingi. »Das macht richtig Spaß mit dem.«

»Da haben sich aber zwei gefunden!« Ingi lacht. Sie wirkt erleichtert und vollkommen glücklich.

Rainer und Jochen kommen und meine Freunde aus der Studienzeit gehen uns auch kräftig zur Hand. Wir bauen das Zelt ab, legen alles fein säuberlich vor die Scheune, stapeln die Biertischgarnituren daneben und die Kisten mit dem Leergut. Der Getränkehändler hat angekündigt, alles Montagfrüh abzuholen. Hannah verspricht, darauf zu achten, dass die Getränkekisten, die noch voll sind, mit zurückgegeben und nicht der Erbengemeinschaft überlassen werden.

Wir essen die Reste zum Mittag und werden mehr als satt. Ingi wird wieder für ihre Kochkünste gelobt und ich sehe meiner Zukunft glücklich entgegen. So, wie ich Ingi kenne, wird sie des Öfteren sagen, dass es sich nicht lohnt, nur für sich allein zu kochen.

Ich bin so aufgedreht wie schon lange nicht mehr und kann gar nicht anders, als sie immer wieder anzusehen und an ihr Dinge zu entdecken, die mir die letzten Jahre nicht aufgefallen sind.

Wir schaffen es tatsächlich, dass Garten und Haus bis halb zwei wieder tipptopp in Ordnung sind.

Danach ziehen wir uns um, zum Essen, fürs Musical. Nicht zu schick, sondern den späteren Herausforderungen des Abends gewachsen: warm und regendicht, denn der Wetterbericht hat Schauerregen vorausgesagt. So, wie es aussieht gerade zur Zeit der Vorstellung.

Mutter, Conny und Bernd kommen mit den Kindern vom Freibad, lassen Luftmatratzen, Flossen und Taucherbrillen im Garten liegen.

»Oh, ist das Zelt schon weg?«, ruft Kevin enttäuscht. Jetzt hätte er wohl doch noch gerne darin gespielt.

»Das muss man wieder abgeben«, belehrt die Oma. »Das gehört nicht der Tante Andy.«

»Böhh«, macht Kevin.

Sie ziehen sich alle um und werden tatsächlich pünktlich fertig.

DREIUNDZWANZIG

EINE BUNTE, gut gelaunte Menschentraube sammelt sich vor dem gelben Fachwerkhaus. Die zwei kleinen Jungs können es kaum mehr erwarten und sind von der Oma kaum zu bändigen. Conny entscheidet im Boot mitzufahren, Bernd kommt mit dem Auto hinterher, denn nach dem Essen werden sie direkt nach Hause fahren. Wir warten noch kurz auf das Eintreffen von Saras beiden Freundinnen, denn Hannahs Tochter hat heute sturmfrei. Die Mädchen dürfen sich Pizzen in den Ofen schieben und später, wenn wir das Musical sehen, werden sie sich einen Videofilm einlegen und einen Eimer Popcorn öffnen. So ist es für alle ein besonderer Sonntag.

Es dauert nicht lange und zwei junge Mädchen auf Fahrrädern treffen ein, die aufs Herzlichste begrüßt werden. Kurz darauf wandert der ganze Pulk hinunter zum Schiffsanleger. Dort mischen wir uns unter die anderen Wartenden. Am Himmel zeigen sich Wölkchen, das strahlende Blau des gestrigen Tages ist verschwunden. Diejenigen, die zum Freiluft-Musical gehen, sind gut ausgerüstet, mit Regenjacken oder Einmalregenmänteln vom letzten Besuch in einem Freizeitpark, wie ein großes Logo verrät. Alle haben Decken dabei, um sich gegen die abendliche Kühle zu wappnen.

DER AUFENTHALT beim Fähranleger tut mir nicht gut. Die Ansammlung erwartungsvoller Menschen, das Warten auf das Schiff ruft zu viele Erinnerungen wach. Erinnerungen an Ann und unsere letzten Ausflüge, die wir gemacht hatten – als Paar.

Wir waren oft hier. Immer mal zwischendurch habe ich mit Mutter oder meinem Bruder ein paar Tage getauscht, um hier ein Wochenende einzuschieben. Da ich den größten Teil meines Urlaubs mit Mutter verbrachte, blieben für Ann und mich nur die Kurzurlaube übrig. Mal im Herbst zum Radfahren oder Wandern, im Sommer Ausflüge mit dem Schiff oder einfach einen Tag abhängen. Im letzten Jahr habe ich sogar zwei Stand-up-Paddling-Boards gekauft. Ann hatte es sich gewünscht, samt Neoprenanzügen, wegen der fraglichen Wasserqualität. Wo sind die Bretter jetzt? Irgendwo im Keller. Die anderen werden sie benutzen, wie alles, was man einmal im Haus deponiert hat. Es mutiert zu Gemeingut.

Wie oft habe ich mit Ann eines der Freizeitschiffe betreten, uns auf dem Außendeck ein schönes Plätzchen in der Sonne ergattert, einen Ausflug nach Heidelberg gemacht, um dort durch die Kneipen zu ziehen oder mit der Bergbahn ins Schloss hinaufzufahren? Wie denke ich heute darüber? War es eine schöne Zeit mit ihr hier am Neckar? Ja, sie hatte immer ihren Reiz. Längeren Urlaub hätte ich hier allerdings nicht machen wollen. Im Nachhinein waren diese Kurztrips bezeichnend für unsere ganze Partnerschaft. Es hatte uns ausgereicht. Größere Auslandsreisen erlebte Ann ebenfalls mit anderen. Mit einer Freundin auf Rucksacktour in Nepal, mit einer Kollegin auf Safaritour in Afrika. Wenn ich jetzt darüber nachdenke, vermute ich, dass sie mich damals schon betrogen hat. Aber keine der Frauen war es ihr wohl wert, dafür unsere Beziehung aufzugeben. Dazu hat es erst eine neue Kollegin gebraucht. Heidrun muss wirklich die große Liebe sein. Ich fühle, wie mich der Gedanke immer weniger verletzt und ich es ihr zunehmend gönne. Ich war nicht die Frau, mit der Ann den Rest ihres Lebens verbringen wollte. Und sie war es nicht für mich.

Das Horn des Linienschiffes dröhnt übers Wasser. Es kommt näher und legt an, wir lassen die anderen Leute vorbei, die einsteigen wollen. Das Schiff legt wieder ab. Meine Gruppe bleibt zurück, wartet auf ein kleineres Schiff – ganz allein für uns.

Kaum ist das große weg, kommt es auch schon, mit lautem Glockengebimmel. Mit viel Gelächter und Geschäker gehen wir an Bord. Sogar Mutter strahlt und ist ganz ausgelassen.

Wir setzen uns auf die hölzernen Bänke, die rundherum an die Bootswand angepasst sind. Eine lange Holzplatte in der Mitte dient als Tisch für ein zünftiges Picknick. Heute werden wir keinen Gebrauch davon machen, ich freue mich schon auf ein feines Essen im Schloss. Im Bug sitzt der Kapitän hinter einem großen Steuerrad. Er sieht wirklich aus wie aus dem Bilderbuch: groß und kräftig und mit Vollbart und natürlich einer weißen Kapitänsmütze. Er läutet noch einmal mit der Schiffsglocke. Die Kinder kreischen erfreut. »Herzlich willkommen an Bord«, dröhnt er, strahlt und man erkennt sofort, dass dieser Mensch voll und ganz in seinem Element ist. Er hält eine Begrüßungsrede, klärt uns auf über die Länge der Fahrtzeit, die Zahl der Schleusen, die wir passieren werden und teilt Liederzettel aus, falls wir Lust hätten, etwas zu singen. Dann wünscht er uns eine schöne Fahrt und legt ab in Richtung Heidelberg. Mutter ist ganz begeistert von der Idee von dem Liederheft, sie blättert darin und stimmt kurz darauf ›Kein schöner Land‹ an. Und tatsächlich, alle singen mit!

Irgendwann wird es kühler und meiner Mutter zuliebe lassen wir die durchsichtigen Planen herab, die aufgerollt und festgeschnürt waren. Sicherheitshalber schaue ich noch einmal auf mein Handy. Die Wetter-App zeigt regionale

Schauer an, aber die Veranstaltung ist nicht abgesagt. Bei uns wird es also keinen nennenswerten Regen geben.

Ingi setzt sich neben mich. »Das Restaurant ist draußen überdacht, oder?«, erkundigt sie sich.

»Ja, keine Sorge. Die großen Schirme lassen auch bei Regen keinen Tropfen Wasser durch. Wir sitzen an zwei langen Tischen auf einer mit Kies ausgelegten Terrasse. Das hat etwas sehr Uriges an sich. Und das beste«, schiebe ich lächelnd hinterher, »du darfst dich bedienen lassen und musst überhaupt nichts machen.«

Wenn's denn sein muss, sagt Ingis Gesichtsausdruck. Ich weiß, sie ist diese Rolle nicht gewöhnt.

»Ich hätte Lust auf was richtig Schwäbisches. Rostbraten oder Maultaschen, oder so«, sagt sie.

»Kriegst du.«

»Au ja, Rostbraten«, schnappt Benne auf und schon machen sie sich gegenseitig den Mund wässrig. Wenn man so an der frischen Luft ist, könnte man aber auch immer essen.

Mutter hat ihre Enkel im Arm, die ausnahmsweise ganz friedlich sind, Conny sitzt mit der Kleinen daneben und stillt sie. Es ist ein Anblick größter Idylle und alle anderen sind ebenso gut drauf. So könnte es endlos weitergehen. Ich hoffe, die Kinder sind beim Essen genauso anständig und rennen nicht um den Tisch herum wie beim letzten Familientreffen.

Mein Blick schweift über das Wasser. Ich akzeptiere es wirklich, dass es mit Ann vorüber ist. Die tief verletzten Gefühle der ersten Woche, die durch die Vorbereitung aufs Fest so gut verdrängt wurden, werden nicht mehr zurückkommen. Ich weiß es. Es ist alles gut so. Das mit uns war zu wenig geworden. Da war kein aufrichtiges gegenseitiges Interesse mehr, und ich denke jetzt nicht an Sex. Da war zu wenig Entgegenkommen, zu wenig Freundlichkeit und Achtsamkeit, zu wenig Engagement, die andere glücklich machen zu wollen.

Ingi muss erraten haben, woran ich gerade denke. Ihr Blick findet meinen. Aber sie fragt nichts. Sie lächelt. Es sieht etwas wehmütig aus, dabei bin ich gar nicht traurig. Nein, diese Zeit hatte ihre Berechtigung und nun ist sie vorbei. Als das Schiff nach einer guten Stunde in Heidelberg anlegt und ich mit all den anderen aussteige, fühle ich mich unbeschwert und leicht. Der Kapitän wird uns nach dem Musical wieder abholen und ich freu mich schon jetzt auf die Rückfahrt im Dunkeln.

Gemeinsam machen wir uns auf in Richtung Altstadt. Oma, die Kinder und Conny werden von meinem Bruder ins Auto eingeladen. Die Kinder können nicht so weit gehen, außerdem möchten sie länger mit der Bahn fahren, zum Schloss hoch. Ich schätze mal, sie fahren ab Molkenkur, wir haben die Haltestelle Kornstadt im Blick und flanieren an wunderschönen Fachwerkhäusern vorbei. Ich bin ganz froh, dass die anderen sich abgesetzt haben, so sind wir eine ganz eingeschworene Gruppe.

Wir passieren eine so einladende Kneipe, dass wir plötzlich alle Durst bekommen. Wir bleiben auf ein, zwei Bierchen und bestaunen die vielen Biersorten, die es hier gibt. Wir sehen davon ab, das stärkste zu wählen, denn der Tag ist noch jung und wir wollen noch viel erleben.

Unser Blick wird vom Schloss angezogen, als wir weiterziehen. Auf ihm liegt heute ein besonderer Zauber. Mittlerweile ist der Himmel wolkenverhangen und Wind kommt auf. Es liegt Veränderung in der Luft. Das gefällt mir.

Ich kaufe für jeden in meiner Truppe eine Schlosskarte, die nicht nur zur Fahrt mit der Bergbahn, sondern auch zum Aufenthalt im Schloss berechtigt. Wir haben bis zum Essen noch mehr als eine Stunde Zeit. Wir können uns also noch etwas die Außenanlage ansehen oder das Apothekermuseum besichtigen. Jeder, wie er möchte.

Doch niemand hat Lust, eigene Wege zu gehen, als wir oben sind. Ausgelassen machen wir Fotos von uns inmitten eines hochromantischen Umfelds. Trixi hat ihre Sofortbildkamera dabei. Es entstehen Bilder von Rainer und Jochen vor dem dicken Turm, von meinen Studienkollegen und mir im

Schlosshof, ein Bild von Ingi und mir im Schlossgarten mit einem Hintergrund wie im Märchen. Meine Freunde nennen es »Die zwei Holden im Schloss«. Ingi sieht mich ganz verliebt darauf an. Lachend machen sich die anderen auf, für uns den Frauenzimmerbau zu finden, von dem sie im Prospekt gelesen haben.

»Den brauchen wir gar nicht. Wir haben doch das Haus in Pliezhausen«, stelle ich richtig.

»Was jetzt? Du hast schon eine neue Wohnung?«, fragt Rainer sofort und auch Hannah fasst nach. Wir klären also alle über unsere Pläne auf und alle sind begeistert.

»Das ist echt eine super Lösung!«, meint Benne.

»Du kommst aus dem Feiern gar nicht mehr raus«, bringt Trixi es auf den Punkt.

»Genau«, antworte ich und grinse. »Den Seinen gibt's der Herr im Schlaf.«

AUSGELASSEN TREFFEN wir zu vorgegebener Zeit im Restaurant ein. Alles sieht sehr einladend aus, diese grob gezimmerten, hölzernen Tische, die für uns eingedeckt sind. Zwei richtige Tafeln, die längs nebeneinanderstehen. Heute bekomme ich den Kampf der Kinder um die besten Plätze nicht mit, denn Bernd und die Familie, samt Oma, Tante Gundl und Onkel Karl, sitzen bereits an einem der Tische.

»Habt ihr alle gut hergefunden?«, erkundige ich mich, halte etwas Konversation, während ich meinen Rucksack bereits auf einen Stuhl des anderen Tisches lege. Meine Freunde nehmen Platz, irgendwie bleibt Ingi auf der Strecke und bekommt nur noch den letzten Platz am Tisch meiner Familie. Ich bemerke es zu spät, als alle schon sitzen.

»Möchtest du mit mir tauschen?«, biete ich ihr an.

Sie winkt ab. Wenigstens ist sie in meiner Nähe, da wir beide am selben Kopfende sitzen.

Während Mutter an Ingis Tisch erzählt, wann sie zuletzt hier war, welches Konzert damals gespielt wurde, wird an unserem Tisch herumgeblödelt und gelacht. Ich bin so ausgelassen wie die letzten Jahre nicht mehr, spähe ab und zu nach nebenan.

»Was isst du?«, frage ich Ingi. »Nimmst du wirklich einen Rostbraten?«

»Ja, mit Käsespätzle. Deine Mutter meinte, es gibt nirgends so gute wie hier.«

»Oh«, entschlüpft es mir grinsend. »Na dann.«

Bruce und Kevin folgen auch der Empfehlung der Oma. Die anderen am Tisch bestellen Fisch oder Steak, Wein und Wasser bestellen wir flaschenweise. Die Kinder bekommen Cola, ich fasse es nicht.

Die bestellten Portionen Käsespätzle werden in einer großen Schüssel gebracht und mitten auf den Tisch gestellt. »Dreimal Käsespätzle, bitte schön«, sagt die Bedienung beflissen. Den Salatteller bekommt jeder extra.

Bernd schöpft seinen Jungs eine Ladung Spätzle auf den Teller, fragt dann: »Für wen war das noch?«

Ingi meldet sich. »Hier, für mich.« Er reicht ihr die Schüssel und sie nimmt sich etwas.

An unseren Tisch kommen Rücken-Carré vom Salzwiesenlamm, Rib Eye Steak, saftiges Kotelett vom Ibericoschwein, als Beilage Pommes oder Rosmarinkartoffeln mit Salat. Es sieht alles wunderbar aus und mir läuft das Wasser im Mund zusammen.

Vom Nebentisch hört man Stimmen. Ich lausche mit einem Ohr, wie Ingi sich in das Tischgespräch einbringt. Sie reden über die Kinder, die Erzieherinnen, das Übliche.

IRGENDWANN BEMÜHT Ingi sich nicht mehr, dem Gespräch am Tisch eine Wendung zu geben. Sie wirft lediglich hin und wieder eine Frage ein, gibt einen nichtssagenden Kommentar von sich. Dankbare Themen sind die Klassenlehrerin von Kevin und die Freunde von Bruce. Und die Eltern der

Freunde von Bruce. Heute Abend würden Bernd und seine Familie abreisen, ruft sie sich ins Gedächtnis. Morgen zum Frühstück wären sie schon nicht mehr da. Ein Gedanke, der den Rest Toleranz in ihr mobilisiert.

»Ich habe noch Hunger«, sagt Kevin, der seine Portion aufgegessen hat.

Oma sorgt sofort für Nachschlag, indem sie ihm aus der fast leeren Schüssel auf den Teller schöpft.

»Ich will aber auch noch!«, schreit Bruce sofort.

»Natürlich! Du sollst ja nicht zu kurz kommen, Kind«, sagt Oma und gibt ihrem zweiten Enkel den Rest der Spätzle. Damit ist die Schüssel leer. Alle sind zufrieden, der Streit ist verhindert, und Ingi schaut zu, wie die beiden, nachdem sie ein paarmal mit der Gabel im Essen gestochert haben, nicht mehr können. Jetzt sind die beiden pappsatt.

»Ich will nicht mehr.« Kevin wirf die Gabel auf den Tisch, als Oma sich darum bemüht, ihm noch einen Bissen aufzuzwingen. »Bäh.« Er schiebt seinen Teller von sich. Das wird also in den Müll geworfen, dabei hätte Ingi noch Hunger gehabt. Aber niemand ist auf die Idee gekommen, ihr noch etwas anzubieten.

»Na, schmeckt's dir?«, fragt Andy vom Nebentisch, und sie sagt: »Ja, danke.« Sie lässt nicht durchblicken, was sie gerade beschäftigt. Kann es sein, dass Grundregeln der Höflichkeit außer Kraft gesetzt werden, sobald man für Kinder oder Enkel sorgen muss?

Was ist das für eine Familie?, fragt sich Ingi. Andys Mutter war ihr schon immer unsympathisch und Ingi hat sich oft gefragt, warum Andy alles für sie tut. Das hat diese Frau doch echt nicht verdient und ihr Bruder genauso wenig. Was sind das für Ignoranten?

Gut, dass Andy ganz anders ist.

Jetzt, wo alle mit dem Essen fertig sind, schiebt Ingi ihren Stuhl zum Nachbartisch, setzt sich neben Andy. Sie kehrt auch nicht zurück, als es noch Nachtisch gibt: Eisbecher und Kaffee. Am Nebentisch hört sie mit einem Ohr das Gequengel um das Lieblingseis, das es nicht gibt. Ingi konzentriert sich ganz und gar auf Andys Freunde.

Nachdem Andy die Rechnung beglichen und die Bedienung mit einem großzügigen Trinkgeld bedacht hat, stehen alle auf und schlendern zum Schlossplatz. Conny, Bernd und die Kinder verabschieden sich geradezu fluchtartig, denn die Kinder sind nun müde. Ingi achtet darauf, ob sie sich für die Einladung bedanken. Sie tun es. Beide schütteln Andy zum Abschied die Hand, den Kindern winkt sie nur zu. »Nein, es ist nicht nötig, der Tante die Hand zu geben. Kommt gut nach Hause«, sagt Andy.

Dafür ergreift sie wenig später Ingis Hand und flüstert: »So, die sind weg.« Die Frauen sehen sich an und lächeln. Der Himmel wird dunkler, und es kühlt merklich ab.

Der Schlosshof ist aufgestuhlt und es herrscht reges Treiben. Sie suchen ihre Plätze, finden sie zum Entzücken von Andys Mutter recht weit vorne.

VIERUNDZWANZIG

»Ist das nicht umwerfend, hier? Was für ein Bühnenbild!«
Ingi ist von dem Anblick ganz gefesselt und sie ergreift meine
Hand.

Sie ist so leicht glücklich zu machen. Ingi ist so genügsam,
so aufrichtig und bescheiden. Warum konnte sie dem weibli-
chen Geschlecht noch nie etwas abgewinnen?

Nun sei mal nicht unersättlich, rufe ich mich zur Ordnung.
»Freut mich, dass es dir gefällt, dann hat sich die Aktion doch
schon gelohnt.«

»Was hast du dir hier schon alles angesehen?«

»Boah, so ziemlich alles, was hier angeboten wurde, Thea-
ter, Musicals oder Konzerte der Heidelberger Philharmonie.«

»Warst du immer mit Ann hier?«

»Ja, natürlich. Ann fährt sehr auf das Schloss ab.«

Ingi fragt vorsichtig: »Ist das dann okay für dich? Hier zu
sein, meine ich.«

»Warum nicht? Nur weil Ann nicht mehr mit mir
zusammen ist, können wir deswegen nicht das Heidelberger
Schloss einreißen.« Es fühlt sich gut an, wie ich es sage. Ja, ich
bin auf gutem Wege.

Ingi muss so laut lachen, dass sich welche aus der
vorderen Reihe zu uns umdrehen.

»Es ist schön, heute mit euch da zu sein – mit dir«, schiebe ich hinterher. Zu mehr komme ich nicht. Eine Stimme ertönt durch das Mikrofon. Der Intendant begrüßt alle Gäste des heutigen Abends. Nach den üblichen Dankesreden wünscht er uns einen schönen Abend, er schließt mit den Worten: »Wir hoffen alle, dass das Wetter hält!«

Es fängt an!

Jochen an meiner anderen Seite schaut gebannt auf die Bühne, auf der etwas steht, das wie ein übergroßes Ei aus locker verbundenen Holzlatten aussieht. Sein Bein wippt schon ganz nervös. »Anatevka wollte ich schon immer mal sehen«, flüstert er ehrfürchtig. Die Heidelberger Philharmoniker setzen ein, ich sehe meine Mutter erwartungsvoll lächeln.

Entspannt lehne ich mich zurück, sofern das in den unbequemen Stühlen möglich ist. Ob mir das Bühnenbild gefällt oder nicht, kann ich noch nicht beurteilen. Ich kann damit noch nichts anfangen, nur die Treppe, die nach oben führt, erinnert mich an Inszenierungen, die ich schon einmal gesehen habe.

»Das sieht ja toll aus, was?«, fragt mich Ingi mit strahlenden Augen. Ihr scheint es zu gefallen. Ich versuche, es ihr gleichzutun und dem Ganzen etwas abzugewinnen. Dieser übergroße Kokon soll ein vertikales Nest darstellen, wie ich gelesen habe. Ich bin mir noch nicht schlüssig, ob ich das darin erkennen kann. Erst als das Nest sich öffnet und Menschen ihm entsteigen, verstehe ich. Das sind Bewohner von Anatevka, fest umschlossen von ihren Banden der Traditionen. Und mit der Zuspitzung der Musik bin auch ich zunehmend begeistert. Ja, das ist anschaulich dargestellt und schon bald folgt das weltbekannte Thema ›Wenn ich einmal reich wär‹ und reißt uns mit. Es ist schön und es ist dramatisch zugleich, das gesungene Schabbat-Gebet verursacht mir Gänsehaut. Wie herrlich inszeniert, diese Gratwanderung von Tragik und Lebensmut und Unterhaltung. Ich merke, ich bin ganz tief drin, bewundere die Figuren auf der Bühne, die nicht jammern, die trotz allem Lebensmut beweisen und hoffen, dass alles gut wird. Wer liebt wen und wer darf wen haben? Ich fiebere mit. Ingi ebenso. Ich höre, wie sie manchmal die Luft einzieht oder sich neben mir versteift.

Es wird kühl. Ich breite die mitgebrachte Decke über Ingis und meine Beine, schließe den Reißverschluss meiner Jacke bis ganz oben. Ingi macht es mir nach.

Dann ist schon Pause und ich kann es kaum fassen, dass der erste Akt schon vorbei sein soll. Wir haben doch gerade erst angefangen. Ein Blick auf mein Handy sagt etwas anderes. Das war über eine Stunde.

Wir vertreten uns die Füße, gehen auf die Toilette.

»Klasse gemacht, was?«, fragt Rainer. Auch die anderen sind ganz angetan.

»Das ist ja echt der Hammer, zu was für einem Sound die unter freiem Himmel fähig sind. Das hätte ich nicht gedacht«, gesteht mir Trixi.

»Hättest du mal meine Mutter gefragt. Die hat ein Abo und kennt sich aus.«

An einem Tisch gibt es Sekt. Ich frage, ob jemand einen möchte. Meine Freunde schütteln den Kopf.

»Ich glaube, ich habe für heute genug«, sagt Benne und spricht vielen aus der Seele. Ingi ist am Überlegen, Mutter sagt ja. Also stelle ich mich an und hole drei Gläser.

Der zweite Akt hat kaum begonnen, da fängt es an zu tröpfeln. Ich schaue auf meine Wetter-App. Pünktlich, stelle ich fest. Meine App zeigt für jetzt leichten Niederschlag an. Einen Tropfen von drei. Das geht noch, wir sind ausgerüstet. Ich packe uns wieder ein und wir setzen unsere Kapuzen auf.

Wem schadet schon so ein bisschen Regen, wir sind ja nicht aus Zucker.

Es hat etwas sehr Romantisches, bei leichtem Regen ein Musical anzusehen. Ingis Augen leuchten. Als die Russen kommen und sie ihre Heimat verlassen müssen, öffnet der Himmel seine Schleusen und jetzt regnet es richtig. Niemand denkt daran aufzustehen, jetzt wollen wir das Ende sehen.

Wir haben Regenjacken an, es kann uns nichts geschehen.

Ingi sagt, was ich denke: »Wie romantisch.« Regen tropft ihr von der Nase. Ich fühle, wie mir Nässe an der Schulterpartie durch die Jacke dringt und mir ganze Tropfen die Arme entlangrinnen. Das darf doch nicht wahr sein! Ich habe das Ding als hundertprozentig wasserdicht gekauft.

Vor uns sitzt ein junges schwules Pärchen, eingehüllt in Einmalcapes. Sie sehen aus wie zwei sich küssende Plastiktüten. Ich muss Ingi recht geben. Regen hat etwas Romantisches – zumindest für diejenigen, denen nicht gerade der Regen den Rücken hinabrinnt.

Mutter hat sich in ihr Radfahrercape gehüllt, das sie aussehen lässt wie ein Pilz. Es hat den Vorteil, dass es auch ihre Sitzschale umschließt wie ein Zelt und Regentropfen nach unten ableitet, während mir mein Hintern immer nasser wird, weil die abperlenden Tropfen der Jacke sich auf dem Stuhl sammeln und ich immer mehr in einer Pfütze sitze. Und während *Tevje* seinen Schmerz zum Ausdruck bringt, wie sehr er doch an seiner Tochter hängt, die er verstoßen hat, versuche ich vergeblich, mit Papiertaschentüchern die Nässe unter meinem Hintern aufzusaugen.

Ingi bemerkt meine Bemühungen. »So ein Ding, wie deine Mutter anhat, wäre jetzt wirklich gut. Wie es aussieht, hat sie wirklich schon Erfahrung gesammelt, was?«

»Offensichtlich« flüstere ich. »Aber wer denkt schon daran, dass man am besten ein Ein-Personenzelt mitnimmt, wenn man hierherkommt.« Mein Blick schweift über das Publikum. Da sind ein paar dabei in eleganten Kleidern, mit Blazern, eleganten Sommermänteln. Manchen hängen die Haare schon ins Gesicht und das Make-up verläuft.

Die Sänger vorne auf der Bühne werden auch langsam nass. Ich frage mich, ob die nicht frieren.

Ingi tut es auf jeden Fall. Unruhig rutscht sie auf ihrem Sitz hin und her. »Meine Jacke ist gar nicht dicht«, sagt sie.

»Ach, was«, sage ich nur und grinse verstohlen. Warum soll es dir auch besser gehen als mir!

Es ist nun völlig dunkel, nur die Lichter im Schlosshof sorgen für eine sehr stimmungsvolle Beleuchtung. Es wird mein schönstes Musicalerlebnis werden, das weiß ich jetzt schon.

Als die letzten Töne verklingen, stehen wir auf und applaudieren, und der Regen hindert uns nicht daran, auch nach der dritten Verbeugung der Künstler noch zu klatschen. Meine Oberschenkel sind nass, mein Rücken, meine Schultern ebenso. Sauna wäre jetzt nicht schlecht, und dann in das kuschelige Bett eines Hotelzimmers.

Aber so sammeln wir uns und verlassen mit der ganzen Menschenmasse den Schlosshof.

»Hey, ich bin fast noch trocken«, freut sich Klaus.

»Wie schön für dich«, antworte ich und versuche die klamme Kälte zu ignorieren. Jetzt erst mal so richtig bewegen, bis mir wieder warm wird. Klamotten zum Wechseln wären nicht schlecht gewesen, aber wer konnte schon wissen, dass die teure Outdoorjacke nicht einmal einen durchschnittlichen Regen aushält? »Ich werde den Hersteller meiner Jacke verklagen«, sage ich. »Ich bin völlig durchnässt.«

Ich ernte lautes Lachen. Wehe dem Ersten, der mir auf die Schultern klopft. Wir nehmen den Fußweg vom Schloss zurück zum Schiffsanleger, denn die Bergbahn fährt um diese Zeit nicht mehr. Mutter hält mit mir Schritt und ich wundere mich wieder darüber, wie rüstig sie noch ist in ihrem Alter. »Du hättest etwas Gescheites anziehen sollen«, sagt sie.

Danke, Mutter, für deinen wertvollen Tipp. »Das ist eine Outdoor-Vollfunktions-Jacke, die habe ich als absolut wasserdicht gekauft. Ganz nebenbei hat sie ein Vermögen gekostet.«

»Der Preis sagt nichts über die Qualität aus. Das solltest du doch wissen.«

»Ich weiß es«, sage ich, denn sie hat ja recht. Bevor ich mich noch weiter darüber ärgere, hält Ingi plötzlich an.

»Das geht so nicht. Ich muss aus den nassen Sachen raus. Ich hol mir sonst den Tod«, sagt sie, schlüpft aus der Jacke und zieht sich alles über den Kopf, was nass ist.

Also, wirklich alles.

Wenig später steht sie mit splitternacktem Oberkörper da. Ich fühle mich an eine Femen-Aktivistin erinnert. Trixi muss Ähnliches assoziiert haben, sie fragt: »Soll ich dir einen schwarzen Edding bringen? Wir könnten dich mit einer coolen Botschaft versehen. So: KEIN REGEN WÄHREND DES MUSICALS, oder so.« Alle lachen, einschließlich mir.

Ich sehe zu, wie Ingi einen trockenen Pullover aus dem Rucksack zerrt. »Den habe ich mir mitgenommen, falls es mir zu kalt wird.«

Ich sehe noch viel mehr, unterdrücke aber züchtig meine Wahrnehmung. Größeres Aufsehen für ihre Aktion unterbleibt nur deshalb, weil alle Personen, die sie umringen, zu unserer Gruppe gehören und vollstes Verständnis für ihr Handeln aufbringen. Nur Mutter stößt hörbar die Luft aus. Sie murmelt: »Also, ein Benehmen haben die Leute heutzutage! Man soll's nicht glauben!«

Jetzt liebe ich Ingis Aktion geradezu. »Mit uns erlebst du Sachen! Was, Mutter?«, ruft ich aus und ich weiß, meine Mutter findet es völlig unpassend.

Es hört auf zu regnen. Wir können die Kapuzen abnehmen und baden uns in dem Anblick des nächtlichen Heidelberg. Trotzdem gehen wir zügig, viel schneller als auf dem Hinweg. Nach einer guten halben Stunde haben wir den Schiffsanleger erreicht, begrüßen unseren Kapitän und lassen uns müde und erschöpft auf die Sitzbank fallen.

Mutter ist auffallend fröhlich. Ich glaube, sie ist stolz darauf, mit den Jüngeren mitgehalten zu haben. Von wegen alt und gebrechlich. Der Teleskopstock, den sie mit sich trägt, kam heute kein einziges Mal zum Einsatz.

FÜNFUNDZWANZIG

RAINER IST EINE TREUE SEELE. Falls ich mich am Donnerstag je über ihn geärgert haben sollte, nehme ich alles zurück. Er holt Anzündholz aus der Scheune und einen Korb mit dicken Scheiten und heizt uns das Esszimmer ein. Jochen kocht eine große Kanne Tee: »Mag jemand keinen Rooibusch-Vanille?«, höre ich ihn fragen, als ich oben in meinem Zimmer bin und mich umziehe: dicke handgestrickte Socken, eine Jogging-hose, Shirt und den wärmsten Pulli, den ich habe.

Ingi hat angekündigt, erst mal zu duschen. Also gehe ich schon mal runter. Nach und nach tröpfeln die anderen ein: Benne und Trixi und Caro und Klaus. Hannah kommt, nachdem sie Saras Freundin mit dem kleinen Fiat nach Hause gefahren hat, denn morgen ist Schule. Mutter gesellt sich ebenfalls noch zu uns und ich wundere mich darüber, dass sie immer noch nicht müde ist. Wenn ich ihr Alter erreicht habe, möchte ich noch genauso gut in Schuss sein, aber ich glaube, das wird sich nicht erfüllen. Mutter und ich haben nichts gemein. Also werde ich in ihrem Alter wohl nicht so rüstig sein.

Es wird kuschelig warm in unserem Esszimmer, wir trinken Tee und sind alle der Meinung, einen wunderschönen Tag erlebt zu haben. Wir hatten uns auf der Heimfahrt im

Schiff schon ausgiebig über unsere Eindrücke im Schloss unterhalten, sodass wir jetzt von dem reden, was vor uns liegt.

Meine Studienkollegen haben sich VW-Bus und Wohnmobil für eine Woche geliehen und werden sie die restlichen Tage noch nutzen. Am Montag werden sie das Schloss besichtigen, wenn sie schon mal hier sind, denn es hat ihnen ausgesprochen gut gefallen. Dann wollen sie nach Bayern aufbrechen, auf der Altmühl Kanu fahren, am Brombachsee campen. Das geht jetzt noch spontan, in Bayern sind noch keine Sommerferien. Morgen Früh fahren sie los. Wir könnten doch noch alle gemeinsam frühstücken, schlagen sie vor. Jochen und Rainer finden das so toll, dass sie beschließen, etwas später zur Arbeit zu gehen. Hannah ist sowieso da und macht auf jeden Fall mit.

Mutter lächelt in die Runde. Auch sie trinkt einen großen Becher Tee. So warm war ihr dann also doch nicht, stelle ich fest. Klaus und Caro haben ein paar Flaschen Wein mitgebracht. Als die Teekanne leer ist, räumen die beiden alle Rotweingläser aus dem alten Buffet. Kaum eines passt zum anderen. Ein zusammengewürfeltes Sammelsurium ausrangierter und übriggebliebener Einzelstücke, die im Ganzen betrachtet dann doch wieder gut zusammenpassen, wie wir feststellen.

Wir warten mit dem Anstoßen auf Ingi, die den Tee weglässt und gleich zu Rotwein übergeht.

»Auf Anatevka!«, ruft Hannah. »Es war so wunderschön!«

»Auf Anatevka!«, antworten alle lachend.

»Es war beinahe ein Abenteuer. So eine Vorstellung erlebt man nicht alle Tage«, sagt Jochen. Es hätte eine abschließende Bemerkung sein sollen, doch ruckzuck ist eine Diskussion im Gange, was alles noch schlimmer war als ein bisschen Regen bei einer Open-Air-Veranstaltung. Bei Benne hat einmal direkt neben ihm einer gekotzt, und bei Caro hat es einmal im Kino gebrannt. So übertreffen sich alle gegenseitig mit ihren

Schilderungen schlimmer Zwischenfälle bei kulturellen Veranstaltungen.

Ich betrachte derweil meine Mutter, wie sie so dasitzt, den Gesprächen folgt und darauf lauert, irgendwo einzuhaken, um die Unterhaltung an sich zu reißen. Ich fühle mich schlecht dabei, es ihr zu unterstellen.

Aber dann schafft sie es. Als Jochen davon erzählt, wie schön eine Aufführung im Stadtgarten war, und dass er sich in Parks sowieso überaus wohlfühlt, ist ihre Stunde gekommen. Ratzfatz leitet sie das Thema zu ihrem Garten um und kann jetzt von ihrer letzten glücklichen Obsternte erzählen.

Und wenn ich das Wort Mirabellen noch einmal hören muss, werde ich diese ganzen dämlichen Früchte, die jetzt noch in der Küche herumstehen und vor sich hin faulen, auf den Kompost schmeißen. Ich merke, wie ich mich anspanne, als wolle mein Körper meine Fantasien sofort in die Tat umzusetzen.

Da sagt Ingi, und ich glaube, meinen Ohren nicht zu trauen: »Mirabellen sind wirklich ein überaus leckeres Obst. Wir hätten uns alle sehr über einen Mirabellenkuchen gefreut. Nicht nur Ihre Tochter. Schade, dass nichts daraus geworden ist.« Und sie lächelt meine Mutter so gekünstelt freundlich an, dass ich Angst habe, ihre Gesichtsmuskeln werden einem Krampf erliegen und für immer so bleiben.

Hannah springt sofort auf den Zug auf. »Ja, echt schade. Ich hätte gerne ein Stück davon gegessen.«

»Ach, was?«, erinnert sich nun auch Jochen. »Es gab gar keinen Mirabellenkuchen? Das war mir gar nicht aufgefallen. Aber stimmt, jetzt, wo ihr es erwähnt. Das wäre doch eine gute Sache gewesen, so ein ganzes Blech voller Kuchenglück von der eigenen Mutter.«

Sie geben es ihr knüppeldick. Und obwohl Jochen es ganz sanft und liebevoll sagt, wird deutlich, dass er die anfängliche Bewunderung für meine Mutter wieder zurücknimmt.

Ich weiß nicht, ob die sich abgesprochen haben oder das nur Zufall ist, was gerade geschieht. Meine Mutter ringt zum ersten Mal seit Tagen nach Worten. »Ja, das …«, beginnt sie, lässt es bleiben, lächelt dann den Einwand der anderen einfach weg. »Aber es hat doch so viel anderen Kuchen gegeben, ihr habt ja alle so viel gebacken.« Es rettet sie nicht, auch wenn sie meinen Freunden Honig ums Maul schmiert. Niemand gibt einen Kommentar dazu. Und gerade diese Stille ist schlimmer als die Kritik zuvor. Ich vermeide es, jemanden anzusehen. Stattdessen schenke ich mir nach und Ingi tut dasselbe.

Jochen zeigt sich gnädig und bietet einen Themenwechsel an. »Heute braucht sich keiner der Camper über Lärm zu beschweren. Heute gehen wir alle früh zu Bett«, gibt er arglos von sich. Sofort ist das Thema beim Campingplatzbetreiber von gegenüber. Jeder macht seinem Unwillen Luft, dass die drüben die Polizei gerufen haben an meinem Fest. Wenn man einmal im Jahr feiert! Ein starkes Stück! Sogar Mutter stimmt mit ein.

»Die sind so dreist, bauen direkt bis an die Grenze und beschweren sich noch, wenn auch hier ein paar Leute mal Urlaub machen wollen«, ärgert sich Klaus.

»Sie sagen, die Gäste fühlen sich beeinträchtigt und sie seien gezwungen, dem nachzugehen.«

»Dann hätten sie die erste Stellplatzreihe eben nicht so dicht an der Straße anlegen dürfen«, findet auch Jochen.

»Blöde Bonzen«, sagt Rainer. »Sich möglichst breit machen und auf andere Anwohner keine Rücksicht mehr nehmen.«

»Aber über den Campingplatz regt sich doch die ganze Straße auf, oder? Da steht ihr sicher nicht allein da«, möchte Caro wissen.

»Nein«, bestätige ich. »Alle Nachbarn hatten etwas gegen den Ausbau. Uns haben schon die Touristen gereicht, die alle zum Fähranleger wollen. Jetzt mit den vielen Wohnwagen, die hier vorbeifahren, hat das alles eine ganz andere Dimension angenommen.«

»Und dann setzen sie euch auch noch diesen Stein direkt vor die Nase.« Klaus deutet mit dem Kopf auf den Monolithen gegenüber, der die Parkplatzeinfahrt markiert. »Die haben sie ja nicht mehr alle.«

Hannah gießt Öl ins Feuer: »Die ganzen letzten Jahre versuchen die uns Vorschriften zu machen: nicht gegenüber der Campingplatzeinfahrt parken, nachts nicht mehr laut im Garten reden, die Mittagsruhe beachten. Das ist schon mehr als dreist.«

Sogar Mutter stimmt den jungen Menschen zu.

»Wir können ihnen ja auch mal Vorschriften machen«, schlägt Klaus vor. »Sprühen wir doch mit Farbe auf ihren blöden Stein: *Bitte nicht wegrollen!*, oder so.«

Wir brüllen vor Lachen und es ist der Einstieg in ein lustiges Thema. Meine Freunde erzählen, was sie in ihrem Leben schon so alles angestellt haben und wir schwelgen alle in unseren heldenhaften Erinnerungen.

Mutter kann sich nicht einbringen. Und plötzlich wird mir klar, dass sie zu einer Generation gehört, die sich nichts erlauben durfte. Mutter hat ihr Leben lang gehorcht und das gute Mädchen abgegeben.

Es fließt viel Alkohol. Mutter hält mit, als wir reihum die Gläser auffüllen.

Hannah holt die angefangene Flasche Kräuterlikör rüber, als »Betthupferl«, wie sie sagt, und auch das lehnt Mutter nicht ab. Mir kommt sie mittlerweile sehr müde vor.

Es ist nach eins, als sich Jochen und Rainer in ihr Zelt verabschieden und die anderen vier sich in ihr Wohnmobil zurückziehen. Morgen Früh werden sie gleich nach dem Frühstück aufbrechen. Ich wünsche allen eine gute Nacht.

Hannah, Ingi und ich bleiben noch, und natürlich Mutter. Sie hat mittlerweile die Ellenbogen auf dem Tisch, stützt ihren Kopf ab. So würde sie in nüchternem Zustand niemals dasitzen. Ich möchte ihr schon anbieten, sie in ihr Zimmer zu begleiten, als sie wie zu sich selber sagt: »Ach, ja. Die jungen Leute heutzutage. Sie sind noch mehr wie Kinder als wie Erwachsene.«

»Wir sind fünfzig, Mutter. Da ist man alles andere als jung!«, stelle ich richtig.

Mutter tut, als hätte sie meinen Einwand gar nicht gehört. »Als wir jung waren, herrschte ein anderer Wind. Wir hatten früher viel mehr Verpflichtungen. Wir mussten parieren, das kann ich euch sagen.«

Ich weiß nicht recht, wen Mutter mit *wir* meint. Ihre ganze Generation schlechthin oder sich selbst und ihre Jugendfreunde? Ihre Sprache ist etwas undeutlich und ich überlege, ob ich Mutter die letzten beiden Gläser hätte verbieten sollen, oder zumindest den Kräuterlikör. Ihr Zustand ist mir unangenehm.

Sie seufzt. »Wir hatten keine Zeit für Albernheiten. Vielleicht mal ein Scherz, ja sicher. Aber so wie ihr heutzutage? Ich glaube auch, wir waren reifer. Vielleicht waren wir auch gezwungen, schneller zu reifen.« Ihr Blick ist trüb und ihr Lächeln melancholisch.

»Wie meinst du das?«, frage ich.

»Wir mussten Verantwortung übernehmen.«

Jetzt reicht es mir aber. »Wie, Verantwortung übernehmen? Übernehme ich vielleicht keine Verantwortung?«

Offensichtlich nicht genug, denn Mutter schüttelt den Kopf. »Schaut euch doch an!« Ihr Blick ist ganz offen auf uns drei Verbliebene gerichtet. »Keine Einzige von euch ist verheiratet und muss Verantwortung für eine Familie übernehmen. Die Generation von heute drückt sich darum, ein Zahnrad in unserer Gesellschaft zu werden. Heute fragt sich doch nur jeder nach seinen eigenen Wünschen und Bedürfnissen.« Ihr Blick fällt auf Hannah und sie korrigiert sich. »Außer du, Hannah, du hast eine Tochter, aber du bist ja auch schon wieder geschieden.«

Ich höre, wie Hannah die Luft einzieht und etwas antworten will, aber ich komme ihr zuvor, weil ich bereits beschlossen habe, diese ganze unfruchtbare Diskussion zu beenden.

»Ich glaube, es ist an der Zeit, ins Bett zu gehen, Mutter.

Sonst könnte mir noch einfallen, dass es früher einfach noch keine Pille gab und ihr nur deshalb so früh eine Familie gegründet habt.« Ich kenne die Geschichte schon und weiß, dass meine Eltern heiraten mussten, weil sie mit mir schwanger war. Ich stehe auf und erwarte, dass auch sie aufsteht und ich sie in ihr Zimmer begleiten kann.

Aber Mutter reagiert nicht. Sie muss mich jetzt unbedingt an ihren damaligen Leistungen messen: »Als ich in deinem Alter war, war ich verantwortlich für die gesamte Sekundarstufe, hatte zwei erwachsene Kinder und versorgte nebenher noch den Haushalt. Und damals war es noch nicht in Mode, dass die Männer auch nur einen einzigen Finger gerührt hätten.«

»Komm jetzt, ich bring dich auf dein Zimmer. Du bist müde«, sage ich. Ingi legt ihre Hand auf meine. Sie hat recht, ich sollte mich über eine betrunkene, alte Frau nicht aufregen.

Mutter lacht leise. »Jaja. Wenn man nicht mehr weiterweiß, beendet man lieber das Gespräch.«

»Jetzt mach aber einen Punkt!«

»Du brauchst dich gar nicht so aufzuregen«, sagt Mutter zu mir, »nur weil ich die Wahrheit sage.«

»Welche Wahrheit? Dass du zu früh schwanger geworden bist und dein Mann dir nicht im Haushalt geholfen hat?« Meine Stimme ist lauter als nötig.

Ingi und Hannah wird unbehaglich zumute. Ich bemerke, wie ihre Blicke zwischen meiner Mutter und mir hin- und herwechseln.

Mutter rückt nicht von ihrer Meinung ab. »Die Wahrheit, dass man irgendwann erwachsen werden und sich seinen Aufgaben stellen muss.«

»Welchen Aufgaben? Ich habe einen guten Job, der mich viel Zeit und Nerven kostet, und bekomme es trotzdem noch geregelt, meine betagte Mutter auf ihre ausgefallenen Auslandsreisen zu begleiten. Was hätte ich denn deiner Meinung nach noch alles tun sollen?«

»Eine Familie gründen natürlich und deinen Kindern das

weitergeben, was du bekommen hast. Die Chance hast du leider vertan.«

»Man muss doch nicht zwingend Kinder in die Welt setzen«, versucht Ingi mir zu Hilfe zu kommen.

Mutter und ich gehen beide darüber hinweg. Es ist unser Konflikt und wir werden ihn allein austragen. »Ann wollte keine Kinder, und ich auch nicht«, sage ich deutlich.

»Von ihr hättest du auch keine bekommen«, meint Mutter mit unverhohlenem Zynismus.

»Ach! Du meinst, ich hätte besser mal einen Mann geheiratet und mir so verzogene Rotzbengel machen lassen, wie dein Sohn welche hat?«

Mutters Blick ist mir Antwort genug. Genau das denkt sie über mich!

»Hättest du diese unreife Phase nicht irgendwann mal ablegen können?«, fragt sie.

»Was sagst du?«, platzt es aus mir heraus. Bevor ich noch lauter und ausfällig werde, sage ich: »Komm jetzt, ich bringe dich auf dein Zimmer.« Ich helfe ihr beim Aufstehen, muss mich beherrschen, um nicht grob zu sein. »Gute Nacht«, sage ich stellvertretend für sie zu Ingi und Hannah und schiebe sie geradezu aus dem Zimmer.

»Gute Nacht«, sagen die beiden artig und ihre Blicke folgen uns.

»Glaubst du, mir ist das immer so leichtgefallen mit deinem Vater?«, fragt Mutter auf dem Weg in ihr Zimmer.

»Was?«, frage ich.

»Na, das alles. Ihr habt es doch immer so wichtig damit, mit Sex und all dem Zeug. Wer redet denn immer davon?«

»Wer redet von was?«, frage ich genervt, als wir eintreten.

»Ich hätte auch lieber mein Leben nur mit meiner Freundin verbracht. Was denkst du denn? Aber ich habe mich für einen Mann und Kinder entschieden und hatte in meinem Beruf viel Verantwortung. Ich musste den Schulkindern schließlich mit einem guten Beispiel vorausgehen«, sagt sie und lässt sich auf den Rand des Bettes fallen.

»Was für eine Freundin?«, frage ich hellhörig geworden. Ich stehe ihr gegenüber, keine Regung ihres Gesichts entgeht mir.

»Na, so eine, wie du sie hast. Oder besser gesagt: hattest.«

Eine Freundin, mit der du ins Bett gegangen bist?, möchte ich am liebsten fragen, doch Mutter redet weiter.

Ihr Blick verklärt sich. »Als wir noch jung waren, hab ich mich mit meiner Freundin stundenlang im Baum versteckt. Dort oben in den Ästen, vom dichten Laub geschützt, konnte uns niemand sehen.«

Sie macht eine Pause. Ich versuche mir Mutter als Teenager vorzustellen, mit einer besten Freundin an der Seite. Es gelingt mir nicht. Und dann meine ich, Trauer im Gesicht meiner Mutter zu erkennen.

»Hildegard hieß sie. Wirklich eine ganz besondere Freundin. Es gab niemanden, der mir mehr bedeutet hätte als sie.«

Mutter scheint gedanklich weit weg zu sein. Ich will schon nachfragen, aber da lacht sie. Es klingt abfällig und ich erschrecke über den abrupten Wechsel ihrer Gefühle. »Ich war schon sehr in sie verliebt!«

»In Hildegard?« Ich traue meinen Ohren kaum.

Mutters Hand wischt meine Frage weg, als wäre sie überflüssig. »Wir waren jung – und dumm. Beide.«

Mir wird heiß und kalt gleichzeitig.

»Wir haben uns so gerne geküsst«, sagt Mutter und lächelt traurig.

Mir schwindet das Blut aus dem Gesicht. Ich hole tief Luft.

Mutter schüttelt den Kopf. »Das ging eine ganze Weile so.« Dann strafft sich ihr Oberkörper. »Aber irgendwann, da wird man erwachsener und lässt diese Phase hinter sich.« Sie begegnet meinem Blick. »Da muss man schon etwas dafür tun. Man kann sich nicht immer nur von seinen Träumereien leiten lassen.«

Nur langsam begreife ich, was sie mir da sagt. Über ihre tiefsten Gedanken zu den Gefühlen ihrer Freundin, über ihre

Meinung über die gleichgeschlechtliche Liebe und – über ihre Meinung zu dem Lebensstil ihrer Tochter.

»Was wurde aus Hildegard?«, frage ich und erkenne meine eigene Stimme kaum.

Mutter antwortet nicht, stattdessen beginnt sie, sich auszukleiden. »Es ist jetzt Zeit zu schlafen. Drück bitte auf den Lichtschalter, wenn du gehst«, sagt sie.

Ich habe nicht die Absicht zu gehen. »Was ist aus Hildegard geworden, Mutter?«

»Bitte, Andrea. Es ist spät.«

»Ich möchte es wissen. Sag es mir. Jetzt!«

Mutter winkt unwillig ab. »Sie ist längst gestorben.«

»Gestorben? Wann?«

»Noch ganz jung. An Diphtherie. Das war damals noch nicht so, dass man sich gegen alles impfen lassen konnte.«

»Warst du bei ihr?«

»Wo denkst du hin!«

»Aber du hast sie doch geliebt! Hast du mit ihr geschlafen?«, bohre ich nach.

Mutter lacht leise. »Nun ja, nicht so richtig. Wir wussten damals nicht so richtig, wie das geht. Uns hat niemand aufgeklärt, so wie heute. Der Lehrer in der Schule nicht und die Eltern erst recht nicht.«

Mutter und Hildegard waren ein Paar!, hämmert es in meinem Kopf.

Ich höre kaum mehr, wie Mutter sagt: »Damals gab es aber noch keine Hilfsmittel, wie die jungen Frauen sie heute benutzen.«

Was meint sie? Dildos? Vibratoren? Strap-ons?

»Ihr wart ein Paar«, sage ich, spreche das Unerhörte aus.

Mutter leugnet es nicht. »Wir waren jung und dumm.«

»Und du hast mit ihr Schluss gemacht?«

»Es war eine unreife Spielerei«, beharrt sie.

Das Echo ihrer Worte löst etwas in mir aus. Ich werde nach diesem Geständnis nicht mehr dieselbe sein, wird mir klar. Mir ist zum Kotzen.

Jetzt, wo ich sie zum Reden genötigt habe, scheint auch der Rest ihrer Erinnerung an die Oberfläche zu kommen. »Vielleicht war das auch der Grund, warum sie so früh hatte sterben müssen. Zumindest hat das der Pfarrer damals gesagt.«

»Du hast mit dem Pfarrer darüber geredet?«

»Ich musste es doch beichten. Wir waren streng katholisch.«

Mein Blick ist starr auf meine Mutter gerichtet. »Und der sagte, ihr Tod sei die Strafe dafür, dass ihr euch geliebt habt?«

»Was Gott nicht will, das merzt er aus mit Stumpf und Stiel«, zitiert meine Mutter irgendeinen blöden Spruch. Ich kenne ihn nicht. So einer steht noch nicht einmal im Alten Testament. Ob er das damals zu ihr gesagt hatte?

»Du hast sie nie wieder gesehen? Auch nicht, als sie krank wurde?«

»Nein. Diphterie ist doch ansteckend.« Mutter schlüpft in ihr Nachthemd, legt sich ins Bett, als sei nichts Besonderes geschehen, dreht sich auf die Seite und nuschelt: »Machst du das Licht aus?«

Es tut mir weh. Es tut so schrecklich weh, wenn ich mir das vorstelle. »Was bist du nur für ein Mensch?«, frage ich fassungslos. Wie gerne hätte ich mehr über Hildegard gewusst, über ihre unglückliche Liebe zu einer Frau. Ausgerechnet zu meiner Mutter! Und die wird es mir nie erzählen. Es wird sich in unserem ganzen Leben keine Situation mehr ergeben, in der sie mir davon berichten wird. Mutter dreht mir den Rücken zu. Ende der Visite. Ich hasse sie! Am liebsten möchte ich sie an den Schultern packen und schütteln, aber gleichzeitig stößt sie mich ab. Sie wirkt alt und gebrechlich, aber sie ist nicht unschuldig.

Ich weiß nicht, was ich alles fühle, ich weiß nur, dass ich so zuvor noch nie empfunden habe. Eine Mischung aus Ekel und Verachtung und Mitleid. Ich kenne diese Frau nicht mehr, die meine Mutter ist, und ich frage mich, wer oder was ich für sie bin. Ich bin völlig durcheinander. Ich drücke den

Lichtschalter und trete auf den Flur. Vor der Tür wartet schon Ingi auf mich. Ich sehe sie nicht an.

»Komm«, sagt sie, geht mit mir die Treppe hoch in unser Schlafzimmer. »Hannah hat sich schon verabschiedet. Ich soll dir noch gute Nacht sagen.«

Erst später, als wir im Bett liegen, fragt sie mich: »Was hat sie denn noch gesagt?«

»Mutter hatte in jungen Jahren eine erotische Beziehung zu einer Frau.« Ich klinge merkwürdig tonlos.

»Oh«, entfährt es Ingi. »Möchtest du darüber reden?«

»Nein.«

Sie rückt näher zu mir, bettet ihren Kopf auf meinen Arm. »Dann schlaf erst mal eine Nacht drüber.«

Ihre Wärme beruhigt mich.

»Ja«, sage ich in der Gewissheit, heute Nacht kein Auge zuzutun. Mein Hirn arbeitet wie ein Uhrwerk. Mein Leben lang habe ich versucht, die Anerkennung meiner Mutter zu erringen, ihre Liebe, ihren Respekt, der immer nur meinem Bruder gegolten hat. Alles habe ich mit mir machen lassen. Ich habe sie überallhin begleitet, sie überall hingefahren, konnte niemals Nein sagen, wenn sie etwas von mir wollte. Jetzt ergibt alles Sinn. Kein Wunder, dass es so war. Ich spürte, dass sie mich nicht respektierte, mich sogar verachtete, so wie sie sich selbst für ihr lesbisches Abenteuer verachtete. Was denkt sie von mir? Dass ich in dem infantilen Stadium der Doktorspiele hängengeblieben bin? Und dann überlege ich, wie viele Töchter es gibt, die genau dieselbe Ablehnung spüren und aus einem schlechten Gewissen heraus alles tun, um die Liebe ihrer Eltern zu erreichen. Auch noch als Fünfzigjährige! Und wahrscheinlich pflegen gerade lesbische Töchter überdurchschnittlich oft ihre Eltern aus genau diesem Grund.

Dazu müsste es doch Studien geben!

Bilder gehen vor meinen Augen auf, alles Situationen, in denen ich versucht habe, es ihr recht zu machen. Und plötzlich ist da auch wieder Mutters Lieblingsgeschichte in meinem Kopf, die sie unermüdlich auf jeder Familienfeier erzählt. Sie geht so: Meine Mutter als junge Frau, mit mir im Kinderwagen, geht ganz stolz die Straße entlang. Damals war sie also noch stolz auf mich, fällt mir auf. Sieh an. Da kommt die Nachbarin zu meiner Mutter, lugt in den Kinderwagen. »Na, wie heißt denn der kleine Mann?«, fragt sie. »Es ist ein Mädchen«, antwortet meine Mutter. Die Nachbarin lächelt und meint gutmütig. »Ein Mädchen? Ach, macht ja nichts! Mädchen bringen eines Tages auch Buben mit nach Hause.«

Ich habe früher immer nur darüber gelacht, die eigentliche Tiefe nicht verstanden, was meine Mutter mir damit sagen wollte: Ich habe versagt. Ich habe es nicht einmal geschafft, einen Mann mit nach Hause zu bringen. Ich bin auf dem Level der Spielerei stehen geblieben, amüsiere mich widernatürlich mit Freundinnen, bringe keine Kinder zur Welt und schenke ihr keine Enkel. Ich tauge gerade mal so als Anstandsdame, Gesellschafterin oder Chauffeuse. Nur Bernd hat alles richtig gemacht – und das weiß er auch, und das lässt er mich spüren.

SECHSUNDZWANZIG

Erste Vogelstimmen werden laut, als ich mit meinen Über-
legungen am Ende angekommen bin. Ingi atmet gleichmäßig
neben mir. Ihr Anblick tröstet mich und baut mich auf. Ingi.
Sie mochte meine Mutter noch nie, hat sie gesagt. Wahrscheinlich hat sie deren Ablehnung mir gegenüber längst
gespürt.

Wie dumm ich war!

Ich bin fünfzig Jahre alt. Das Wohlwollen meiner Mutter
müsste mir schon längst egal sein. Nicht erst jetzt, wo ich
weiß, dass mir die Liebe zu Frauen sogar in die Wiege gelegt
wurde.

Aber ab heute wird alles anders. Und ich weiß sofort,
womit ich anfange.

Ich schlüpfe in meine Schuhe, schleiche mich hinunter in
die Küche. Erstes diffuses Licht dringt durchs Fenster. Ja, da
steht er noch, der Korb mit den Mirabellen. Er ist noch über
die Hälfte voll. Fruchtfliegen sammeln sich darauf. Ich werfe
einen Blick aus dem Fenster, sehe die Bäume und Büsche in
schemenhaftem Grau. Es ist hell genug für das, was ich
vorhabe. Ich nehme den Korb, trage ihn die Treppe hinunter,
gehe damit hinters Haus, zu einer ganz bestimmten Ecke.
Eine, die den Blicken verborgen ist, hinter einem Schutz aus

Flechtwerk. Und dann drehe ich den Korb um und schaue zu, wie die Früchte herauskullern und ihre letzte Ruhe auf unserem Komposthaufen finden. Ich war nie eine Freundin der Wegwerfgesellschaft, aber diesen Anblick brauche ich jetzt. Ich mache mir noch nicht einmal die Mühe, die Früchte, die durchaus noch essbar wären, ein bisschen einzugraben, um es nicht allzu verwerflich erscheinen zu lassen oder nur deshalb, um es den Ratten und Mäusen nicht ganz so leicht zu machen. Meine Mutter hatte uns immer verboten, Essensreste auf den Kompost zu werfen, eben wegen ihnen. Aber von mir aus kann uns eine ganze Mäuse- und Rattenplage heimsuchen. Ich gehe zurück ins Haus, stelle den leeren Korb in die Küche, wo er war, und schleiche zurück ins Bett.

»Wo warst du?«, fragt mich Ingi, der mein kleiner Ausflug nicht verborgen geblieben ist. Die Treppen knarren zu laut.

»Ich habe die Mirabellen auf den Kompost geworfen«, sage ich, als wäre es etwas Selbstverständliches.

Ingis Gesicht zeigt keinerlei Regung. »Respekt«, sagt sie anerkennend. Dann lächelt sie. Sie rückt näher zu mir.

Ich halte den Atem an. »Du weißt schon, dass es etwas mit mir macht, wenn du mir so nah kommst, obwohl meine Mutter mir attestiert, auf einer infantilen Ebene stehengeblieben zu sein?« Ich übernehme keinerlei Verantwortung bei meinem aktuellen Gefühlschaos.

»Ja, ich weiß.« Ingis Lächeln vertieft sich. »Und seit ich es weiß, frage ich mich, ob auch ich in der Lage wäre, etwas in dir auszulösen.«

»Ingi. Das ist ein ganz schlechter Zeitpunkt für Späße.«

»Ich mache keine Witze. Seit Jahrzehnten stelle ich mir die Frage, die sich alle Freundinnen lesbischer Frauen stellen: Was empfindet sie eigentlich für mich? Vielleicht auch mehr, oder bin ich wirklich nur beste Freundin?«

Ich bin völlig perplex. »Das hast du dich gefragt?«

»Seit du weggezogen bist, um zu studieren.«

»Ingi …«, beginne ich, komme aber nicht weit. Ingis Arme legen sich um mich.

Vielleicht hatte auch ich einmal gehofft, es könnte mehr sein mit uns. Ganz früher einmal, als ich bemerkte, dass Frauen mich anziehen. Es jetzt von Ingi bestätigt zu bekommen, nach so langer Zeit, überfordert mich. Ich bin nicht in der Lage, zwei so große Erkenntnisse innerhalb so kurzer Zeit zu verarbeiten.

Aber ich fühle Ingis bettwarmen Körper, ihre nackten Beine. Ihre Haut ist so glatt und weich. Vor meinen Augen entsteht sofort das Bild ihrer Brüste, das sich mir allzu deutlich ins Gedächtnis gegraben hat. Ingi hat wunderschöne Brüste. Und dann liegen ihre Lippen auf meinen und sie küsst mich. Das ist nicht mehr Ingi, die Freundin. Das ist die Frau, die Lust auf mich hat, und ich auf sie.

Eigentlich hatte ich mich schon damit abgefunden, dass diese Lust erloschen ist, Platz gemacht hat für unverfängliche Zärtlichkeiten, für keinen lodernden, aber noch glimmenden liebevollen Umgang miteinander. Jetzt aber ist sie wieder da und ich fühle ein aufgeregtes Pochen zwischen den Beinen und diese vertraute Hitze, die sich in meinem Unterleib ausbreitet. Ich spüre, wie ich anschwelle und feucht werde.

Und während wir uns küssen, weiß ich, dass es gleich geschehen könnte. Ich schiebe Ingi von mir. »Nicht hier!«

Sie weiß sofort, was ich meine, ist nicht verletzt. Ihr Blick zeigt vollstes Verständnis.

»Lass uns von hier verschwinden«, bitte ich sie.

Ingi nickt, als sei das auch ihr Gedanke gewesen. »Aber Hannah geben wir doch Bescheid?«

»Ja klar! Wir wecken sie.«

»Und deine Freunde? Was ist mit denen? Wir wollten doch gemeinsam frühstücken.«

»Ich rede mit Hannah. Sie soll es ihnen erklären. Ich kann sie zu einem späteren Zeitpunkt immer noch anrufen.«

Ingi hat keine weiteren Einwände. »Auch okay. Dann bin ich pünktlich zu Hause, das ist mir ganz recht. Mittwochfrüh beginne ich nämlich mit meiner Wiedereingliederung.«

»Wiedereingliederung?«, wiederhole ich entsetzt. »Warum

das denn? Du hast doch gesagt du hast Urlaub? Bist du krank?«

Ingi richtet sich auf, und ich ebenso. Wir sitzen uns im Bett gegenüber. »Ich habe vor einem Jahr angefangen, ganz schlimme Panikattacken zu entwickeln und konnte dann auch nicht mehr arbeiten. Weißt du, das mit meiner Mutter hat mich schon sehr mitgenommen, und dann war ich ja auch immer allein. Sicher habe ich meinen Freundeskreis, aber das ersetzt doch nicht einen Partner, mit dem man sich austauschen kann.« Ingi lächelt unsicher. »Ich kann dir auf der Fahrt noch mehr darüber erzählen, wenn du möchtest.«

Ich nicke nur und Ingi schiebt rasch noch hinterher: »Ich bin in therapeutischer Behandlung deswegen und seitdem geht es mir wieder besser. Die letzte Attacke ist jetzt schon lange her, bis auf die, na ja, die ich auf der Herfahrt hatte.«

»Du hattest eine Panikattacke, als du zu mir gefahren bist?«, frage ich betroffen.

»Deshalb bin ich doch so spät gekommen. Ich musste anhalten auf einem Parkplatz. Und da war glücklicherweise ein Arzt. Der hat mir geholfen und ich konnte dann auch weiterfahren. Landstraße eben. Deshalb hat das alles so lange gedauert. Es hat mir echt leidgetan, dich warten zu lassen. Sorry!«

»Und warum hast du mir das am Telefon nicht gleich gesagt?«, frage ich voller Mitleid.

»Keine Ahnung. Ich wollte dich damit nicht auch noch belästigen.«

»Ach, Ingi«, stöhne ich auf und schließe sie in die Arme. »Du bist so süß! Und jetzt lass uns abhauen.«

Wir stehen auf, duschen rasch hintereinander, schlüpfen in unsere Kleider, ziehen das Bett ab, lüften, packen.

»Kein Kaffee mehr hier?«, vergewissert sich Ingi.

»Doch, einen schnellen Stehkaffee«, entscheide ich. Auch wenn ich es kaum erwarten kann, von hier fortzukommen, einen guten Schuss Koffein brauche ich nach dieser schlaflosen Nacht. Leise tragen wir unser Gepäck einen Stock tiefer.

In Mutters Zimmer rührt sich nichts. Es bleibt ruhig, obwohl Ingi geräuschvoll in der Küche hantiert und ich die schwersten Gepäckstücke nach unten trage. Die Luft draußen empfängt mich frisch und klar. Es soll der erste Tag in meinem neuen Leben sein. Sehnsüchtig hole ich Luft, kann gar nicht genug davon bekommen. Die Vögel werden lauter, stimmen ein richtiges Lied an.

Ich halte Ausschau nach Ingis Auto. Es steht vorne an der Straße, wo es Hannah abgestellt hatte. Ingi wird es vor die Scheune fahren müssen, dort befinden sich die Container mit dem Geschirr, den Gläsern, Besteck und all dem geliehenen Zeug des Caterers. Also stelle ich ihr Gepäck auch vor die Scheune und verstaue meines im Kofferraum meines Kombis. Schade eigentlich, jetzt mit zwei Autos zu fahren, wo wir doch dasselbe Ziel haben, denke ich, als ich in die Küche zurückkehre.

Wir schenken uns Kaffee ein, setzen uns zum letzten Mal ins Esszimmer. Ungewöhnlich einsam ist es hier, nur in Gesellschaft der Möbel. Ein letztes Mal lasse ich die Atmosphäre des Hauses auf mich wirken.

Mein Fest war Gold wert, denke ich. Es hat vieles geklärt. Ich weiß nun, wie es weitergehen wird. Kein Vergleich zu meiner Gemütsverfassung bei der Ankunft. Ein letztes Mal sehe ich mich um, in diesem Raum, der die ganze Biederkeit der Erbengemeinschaft ausstrahlt. Ich schütte meinen Kaffee herunter, obwohl er noch heiß ist. Ich muss von hier weg!

Wir stellen die Tassen in die Spüle.

»Was machen wir mit den Nahrungsmitteln, die noch da sind?«, frage ich.

»Wir bringen sie rüber zu Hannah«, sagt Ingi, »ich habe schon alles verstaut.« Ich sehe auf die zwei Tüten und nicke. Gut so. Die haben schließlich wir eingekauft. Ich reiße einen Zettel vom Block, um Mutter eine Nachricht zu hinterlassen. Aber was soll ich schreiben?

Liebe Mutter? Auf keinen Fall. *Hallo Mutter?* Da habe ich schon ihre Stimme im Ohr, wie sie sich darüber mokiert.

›Hallo‹ hatte ihr noch nie gefallen. Also unterlasse ich es ganz, sie in irgendeiner Form anzusprechen, schreibe nur: *Wir sind bereits abgereist, dir noch einen schönen Urlaub. Andrea.*

Bewusst schreibe ich das Wort *dir* klein, damit sie doch etwas hat, worüber sie sich ärgern kann, und lege den Zettel gut sichtbar auf den Esszimmertisch. Einen kurzen Moment überlege ich, ihn in den leeren Mirabellenkorb zu legen, aber das erscheint mir dann doch zu aggressiv. Sie wird früh genug merken, wo die geblieben sind.

Gewissenhaft schließe ich die Tür hinter mir ab. Mutter mag es nicht, wenn die Tür offen bleibt. Wie ich den Schlüssel umdrehe, überkommt mich die Gewissheit, dass ich so rasch nicht wiederkehren werde.

SIEBENUNDZWANZIG

Umso lieber trete ich durch die zweite Haustür, die nicht abgeschlossen ist, und wir stehen alsbald in Hannahs Küche.

»Hannah!«, rufe ich verhalten, und noch einmal: »Hannah!«

»Mhm?«, kommt aus ihrem Schlafzimmer.

»Hannah, wir reisen ab. Wir wollten nur Tschüss sagen.«

»Was ist los? Wie spät ist es überhaupt?«

»Fast sechs.«

»Seid ihr verrückt?« Eine völlig verschlafene Hannah erscheint im Türrahmen, das Haar offen und zerzaust und irgendwie sexy.

»Guten Morgen, mein Herzblatt«, sage ich grinsend.

»Seid ihr aus dem Bett gefallen, ihr beide?«, fragt Hannah.

»Hannah, ich muss von hier verschwinden. Ich halte es keine Minute länger mehr aus und ich kann meiner Mutter heute Morgen auch nicht mehr begegnen.«

Hannah nickt. »War echt krass gestern, was?«

»Ja, das war es. Und dabei hast du nur den Anfang miterlebt. Wie weit waren wir da schon gekommen? Vom Zahnrad der Gesellschaft bis zur unreifen Phase?« Hannah nickt betreten, und ich erzähle weiter. »Als ich mit ihr allein im Zimmer war, hat sie mir das mit der unreifen Phase noch etwas vertieft. Sie selbst hatte früher eine Freundin – mit der sie ein erotisches Verhältnis hatte. Sie hat sie in dem Moment fallen lassen, als sie sich, aufgrund gesellschaftlicher Erwartungshaltung, für einen Mann entschieden hatte. Dasselbe hat sie wohl auch irgendwann von mir erwartet. Ich finde das so schrecklich. Ich muss hier raus, Hannah. Kannst du es den anderen alles berichten, und ihnen sagen, dass es mir leidtut, zum Frühstück nicht mehr da zu sein? Ich hoffe, sie nehmen es mir nicht übel.«

Hannahs Augen sind während meines Berichts größer geworden. Jetzt schüttelt sie nachdrücklich den Kopf. »Mach dir mal keine Gedanken. Das ist doch klar. Das versteht doch jeder. Ich schätze, das Frühstück gibt es dann bei mir.« Sie lächelt demonstrativ, wohl um bei mir jegliches schlechte Gewissen im Keim zu ersticken.

»Ach, noch was!« Ich lege einige Scheine auf den Küchentisch. »Für Putzen und Waschen und deine ganzen Auslagen. Geht das in Ordnung?«

Hannahs Blick wandert zum Küchentisch, ihre Augen weiten sich. »Du spinnst ja.« Sie nimmt die Scheine und hält sie mir entgegen.

Ich halte ihre Hände fest und sage, was ich ihr schon lange sagen möchte: »Vielen Dank für alles, was du für mich getan hast. Dafür, dass ich dich zutexten durfte mit meinen Sorgen, dafür, dass du dir den Arsch für mich aufgerissen hast …«

»Mach mal halblang«, unterbricht mich Hannah. Für einen Moment sieht sie mich ärgerlich an. Ich lasse sie los und sie knufft mich in die Seite. »Na ja, du kannst es dir leisten.«

Wir umarmen uns zum Abschied. Ingi tut es mir nach und Hannah verspricht, alles wieder sauber zu machen, zu waschen und aufzuräumen.

»Sag den anderen, es hat mich unheimlich gefreut, sie alle wiederzusehen. Ich melde mich bei ihnen die nächsten Tage. Okay?«

»Okay.«

»Ein Frühstück in deiner Küche ist für sie natürlich ein wunderbarer Abschluss. Vielen Dank, Hannah. Und lass dich nicht von der nerven, die noch da ist«, sage ich nachdrücklich und verziehe das Gesicht zu einer Grimasse. Das Wort *Mutter* will mir nicht über die Lippen kommen.

Ingi kramt ihren Autoschlüssel aus der Tasche und hält ihn Hannah hin. »Hier, du brauchst das Auto viel dringender als ich, du hast ja noch deine Tochter, die immer mal wieder wohin gebracht werden muss. Außerdem hast du den kleinen Fiat sowieso schon ins Herz geschlossen. Ich fahr bei Andy mit.« Ihr Blick wechselt von Hannah zu mir. Ihre Entscheidung überrascht mich und im Geiste überschlage ich kurz die Menge unseres gesamten Gepäcks. »Das kriegen wir bei mir rein. Kein Thema.« Ich lächle erfreut und sie fährt fort, Hannah zu erklären: »Weißt du, auf der Autobahn oder bei langen Strecken krieg ich sowieso nur Panikattacken. Das hat keinen Wert.«

Hannah wirkt nicht weniger verblüfft als ich, aber Ingi meint es ernst. »Einkaufen kann ich in Pliezhausen genauso gut mit dem Fahrrad.«

Hannah sieht mich an, als bräuchte sie meine Erlaubnis.

Ich werfe ihr einen amüsierten Blick zu. »Ich finde die Idee gar nicht schlecht.« Das ist untertrieben. Ich finde die Idee großartig.

»Ja, dann«, meint Hannah. »Aber wenn du es brauchst, bringe ich es dir sofort zurück.«

Ich könnte meine Hand dafür ins Feuer legen, dass das nicht mehr der Fall sein wird. Ingi strahlt nämlich wie ein Honigkuchenpferd, als sie ihr Gepäck in meinen Kofferraum räumt.

Hannah hat uns nach draußen begleitet. Das Gezwitscher der Vögel ist nun richtig laut. Auf dem Campingplatz gegenüber suchen die Ersten, mit der Kulturtasche unter dem Arm, die Waschräume auf. Das morgendliche Treiben erwacht.

Ich lade alle Container in meinen Kofferraum, verstaue Ingis Tasche und Rucksack noch mit dazu, lege mein Gepäck auf die Rückbank, die Schuhe in den Fußraum, dann sind wir startklar.

»Und denk an die Getränke«, sage ich ganz zum Schluss.

»Keine Sorge. Keine einzige volle Flasche wird hier zurückbleiben. Ich lass alle Reste wieder abholen.« Hannah macht ein so entschlossenes Gesicht, dass ich lachen muss.

Wir umarmen sie noch einmal, dann steigen wir ein. Ingi kuschelt sich auf den Beifahrersitz.

»Als Beifahrerin bekommst du aber keine Angst, oder?«, versichere ich mich.

»Nein.«

»Schön, dann fahr zukünftig also ich.« Wir sehen uns an und ich lese nichts als vollkommene Zustimmung in Ingis Blick. Mit einem seligen Lächeln starte ich den Motor, wir winken ein letztes Mal, dann fahren wir los.

Unsere Aufmerksamkeit wird sofort von der anderen Straßenseite angezogen. Da steht mit knallroter Sprühfarbe auf den Monolithen geschrieben: *Stein bitte nicht wegrollen!* Das darf nicht wahr sein! Ingi entfährt ein Schreckenslaut. Ihr Blick bleibt auf den Stein gerichtet, bis wir dran vorbei sind.

»Warst das du?«, fragt sie mich mit vor Schreck geweiteten Augen.

»Nein«, antworte ich wahrheitsgemäß.

»Ich auch nicht!«, versichert sie sofort, sieht mich aber skeptisch an. Wahrscheinlich denkt sie an meinen kurzen Ausflug in den Garten heute Nacht. »Ich war es wirklich nicht«, versichere ich ihr. »Lass uns rasch von hier verschwinden.« Im Rückspiegel werfe ich einen letzten Blick auf das Haus, bevor ich ums Eck biege. Und dann finden unsere Blicke sich wieder und wir prusten los, lachen noch bis wir an die Kreuzung zur Bundesstraße kommen.

»Was glaubst du, wer es war? Rainer oder Jochen?«, fragt Ingi.

»Jochen ist viel zu harmoniebedürftig. Das würde er niemals tun.«

»Aber Rainer.«

»Der vielleicht. Aber Jochen würde ihn davon abhalten.«

»Deine Freunde aus der Studienzeit?«

»Das überlege ich auch gerade, wem ich das am ehesten zutraue. Klaus vielleicht oder Trixi. Keine Ahnung. Hoffentlich gibt das keinen Ärger. Die vom Campingplatz werden sofort die Polizei rufen.«

»Sollen sie mal. Anzeige gegen unbekannt. Es gibt keinerlei Zeugen und bei uns gilt immer noch die Unschuldsvermutung.«

»Du kennst dich aber aus!« Ich lache über Ingis Enthusiasmus.

»Wann die das wohl merken? Man darf doch erst ab zehn Uhr in den Platz einfahren, oder? Vorher kommt doch niemand?«, überlegt Ingi laut.

»Nein, Einfahrt ist ab zehn. Davor checken die das nicht«, versichere ich ihr. Ich denke an unsere Freunde. Hoffentlich sind die bis dahin verschwunden.

Es fährt sich angenehm. Die Staus vom Wochenende sind weg.

»Wir sollten noch etwas einkaufen«, fällt mir ein. »Schreibst du einen Zettel, was wir alles brauchen? Erledigen wir in Pliezhausen, oder?«

Ingi nickt, nimmt sich Zettel und Stift aus dem Handschuhfach und fängt sofort an, sich Notizen zu machen. »Wir sind ja schon ein eingespieltes Team«, stellt sie fest.

Das sind wir wirklich.

Auf der Fahrt nach Hause erzählt mir Ingi aus ihrem Leben: ihrem Alleinsein, ihrer Angst, von ihrer Katze, ihren Bekannten und Freunden. Manche kenne ich schon. Die Gedöns-Gruppe ist mir neu.

»Gedöns-Gruppe?«, frage ich nach.

»Ja, so haben wir sie genannt. Wir fotografieren, tauschen

Bilder aus, wir basteln und malen. Also Aquarell und Acryl und all so Gedöns eben.«

»Ah.«

»Weißt du, ich kenne einen ganzen Haufen Menschen, die mir sehr viel bedeuten. Aber du warst schon immer der Fels in meinem Leben.«

»Ach, Ingi«, sage ich wieder und mein Magen macht einen kleinen Satz nach vorne.

ACHTUNDZWANZIG

Es ist gegen halb neun. Andys Mutter Elfriede erwacht und sieht auf den Wecker. Schon so spät? Dann aber rasch aus den Federn.

Der Morgen ist gerade das Schönste hier am Neckar. Nichts geht über das frühe Kneippen, das Gehen über das noch taufrische Gras bis zum Becken. Sie muss sich sputen, wenn sie das noch erleben will.

Endlich ein ganz normaler Urlaubstag!, denkt sich Elfriede, jetzt wo die meisten Geburtstagsgäste wieder abgereist sind. Das war aber auch beinahe zu voll! Wie kann man nur so viele Menschen einladen? Elfriede freut sich auf den Garten, darauf, sich am Nachmittag zu sonnen und etwas zu lesen, ins Freibad zu gehen oder Ausflüge mit dem Schiff zu unternehmen. Man trifft da immer interessante Leute, mit denen man sich gepflegt unterhalten kann. Voller Vorfreude steht sie auf, schlüpft in ein leichtes Sommerkleid.

In der Küche riecht es noch gar nicht nach Kaffee. Aber wahrscheinlich schlafen die jungen Leute noch. Es war schließlich spät gestern Abend. Sie sieht sich um. Es sieht aufgeräumt aus, nichts steht mehr rum. Das freut sie. Sie füllt Wasser in die Kaffeemaschine, steckt einen Papierfilter hinein, kann aber keinen Kaffee finden. Wo haben die den nun wieder versteckt? Sie sucht überall, findet nichts. Überhaupt ist in der ganzen Küche nichts mehr Essbares, fällt ihr auf. Das Brot ist weg, der Kühlschrank leer, die Regale ausgeräumt. Wie ungewöhnlich!

Sogar der Korb mit den Mirabellen ist leer.

»Andrea«, ruft sie, um ihrer Tochter das Ungeheuerliche mitzuteilen. Niemand antwortet. Sie steigt die Treppe nach oben. Das Schlafzimmer ist vereinsamt. Jetzt geht ihr auf, dass hier etwas nicht stimmt. Sie geht wieder hinunter, betritt das Esszimmer. Da liegt ein Zettel auf dem Tisch. Sie liest ihn und weiß nicht, was sie davon halten soll. Ihre Tochter und diese Ingrid sind abgereist, ohne sich zu verabschieden. Warum nur? Sie versucht sich an die letzte Nacht zu erinnern. Sie alle haben noch im Esszimmer gesessen, haben etwas getrunken, sich unterhalten, und dann? Plötzlich war etwas anders. Da war sie mit Andrea allein im Zimmer und sie haben sich noch unterhalten. Bei dem Gedanken wird ihr irgendwie flau zumute. Da war etwas, was nicht hätte passieren dürfen. Ein unwohles Gefühl überkommt sie. Als hätte sie etwas angestellt.

Ihr Blick findet zu dem Zettel zurück. Die Handschrift ihrer Tochter, eine Nachricht ohne Gruß, ohne Unterschrift, außerdem schreibt man *dir* groß. Sie bemerkt es am Rande. Das Gefühl, verlassen worden zu sein, breitet sich in ihr aus.

Sie wird zu Hannah rübergehen und sich Kaffee borgen, vielleicht kann sie ihr auch etwas zu Andys Verschwinden sagen.

Hannahs Haustür steht offen und Elfriede tritt in den Flur. Stimmen dringen aus der Küche. Die jungen Leute sind bei Hannah zum Frühstück. Eigenartig. Einen Moment lang hofft sie, auch Andrea noch anzutreffen. Sie wird doch ihre Gäste nicht einfach allein gelassen haben?

»Guten Morgen!«, ruft Elfriede und tritt ein.

Das Gelächter und die Stimmen verstummen schlagartig. Alle Augenpaare sind auf sie gerichtet. Elfriede denkt, dass irgendwas mit ihr ist, vielleicht hat sie die Creme im Gesicht nicht richtig verteilt oder sie ist mit Zahnpasta verschmiert. »Guten Morgen«, sagt Elfriede noch einmal, da erst wiederholen es die Anwesenden zögernd: »Guten Morgen.« Es klingt verhalten und Elfriede ist sich sicher, die jungen Menschen haben sich gerade über etwas unterhalten, was sie nichts angeht. Sie hat sie dabei unterbrochen. »Ich wollte nicht stören. Hannah, hast du etwas Kaffee für mich? Andrea ist schon fort und hat mir überhaupt nichts dagelassen. Weißt du, warum sie so überhastet abgereist ist?«

Hannah zuckt mit den Schultern. »Die werden schon ihre Gründe gehabt haben.«

Elfriede wundert sich über diese nichtssagende Floskel. Warum sind die jungen Leute heute so merkwürdig?

»Ist etwas passiert? Musste Ingrid vielleicht rasch nach Hause und Andrea hat sie gefahren?«, fragt Elfriede auf der Suche nach einer Erklärung.

»Ich weiß es nicht«, sagt Hannah und gibt ihr ein Päckchen Kaffee, das noch zu einem Drittel voll ist.

»Aber, es ist doch ungewöhnlich, so abzureisen, ohne etwas zu sagen«, versucht es Elfriede aufs Neue.

Hannah sagt nichts dazu.

Elfriede schüttelt den Kopf. »Nur irgendetwas. Man möchte doch Bescheid wissen! Das ist doch nicht die feine Art.«

»Was ist schon die feine Art?«, mischt sich nun die Frau mit den blonden Haaren ein.

Elfriede ist sich nicht sicher, wie sie heißt, Trixi oder so. »Danke für den Kaffee«, sagt Elfriede.

»Bitte schön«, antwortet Hannah. Sie lädt sie nicht zum Bleiben ein, in dieser Frühstücksrunde, was Elfriede ihr etwas übelnimmt. Gestern haben sie alle noch so schön zusammengesessen, heute tun sie alle so, als kennen sie sich kaum. Da soll einer schlau daraus werden. »Hast du mitbekommen, wann die beiden heute Morgen abgereist sind?«, möchte sie aber doch noch wissen.

Hannah zuckt wieder mit der Schulter. »Ich habe nicht auf die Uhr gesehen.«

»Na ja, sie wird sich wohl telefonisch melden, nehme ich an.« Elfriede dreht sich zum Gehen, als ihr noch etwas einfällt. »Ich muss heute dringend einkaufen gehen, Hannah. Es ist ja gar nichts mehr zu essen da. Du hast kein Auto, oder?« Natürlich weiß sie, dass Hannah kein Auto hat, aber vielleicht bietet ihr ja jemand von den anderen an, sie zu fahren.

Hannah schüttelt den Kopf. »Nein, ich habe kein Auto. Das könnte ich mir gar nicht leisten.«

Von den anderen sagt niemand etwas. Dabei haben sie alle ein Auto! »Schade. Dann muss ich später zu Fuß einkaufen gehen. Nun ja, jetzt gehe ich erst einmal eine Runde kneippen. Das Wasser ist so erfrischend am Morgen. Und jetzt scheint auch noch die Sonne. Da ruft doch der Garten geradezu, nicht wahr?« Elfriede strahlt in die Runde, erntet nur verhaltenes Nicken. »Einen schönen Tag dann«, sagt sie schließlich und geht.

Die Jungen sagen »Tschüss« und »Auf Wiedersehen.«

»Ich kann dir meinen Trolley leihen, zum Einkaufen, für später. Er steht im Schuppen!«, ruft Hannah ihr hinterher.

»Ja, gerne. Das ist fein«, sagt sie noch.

ETWAS SPÄTER SITZT sie allein in ihrem Esszimmer, trinkt Kaffee und isst eine Banane, die noch in ihrem Zimmer lag. Sie faltet die Schale ordentlich zusammen, nimmt ihr Handy und ruft ihre Tochter an. Kein Freizeichen ertönt. Ob ihr Telefon kaputt ist? Probehalber ruft sie Bernd im Büro an.

»Was ist denn, Mutter?«, fragt er ungeduldig, wahrscheinlich hat sie ihn gestört.

»Ach nichts, nichts. Ich wollte nur testen, ob mein Handy noch geht.«

»Ja, das tut es offenbar. Geht's dir gut? Warst du schon schwimmen?«, fragt er dann doch. Er klingt gehetzt. Sie möchte nicht länger stören und doch hat sie das Bedürfnis weiterzureden.

»Nein, noch nicht. Es ist noch kein richtiger Urlaubstag«, antwortet sie und schiebt hinterher: »Andrea ist schon abgereist.«

»Ach!«, macht Bernd. »Warum das denn?«

»Ich weiß auch nicht. Heute Morgen ist sie ganz früh aufgebrochen, ohne sich zu verabschieden.«

»Das ist wirklich merkwürdig. Du, Mutter, ich muss weiterarbeiten. Mach dir einen schönen Urlaub, ja?«

»Ja, danke. Wiedersehen«, sagt sie und legt auf. Dann ist Andreas Handy kaputt, oder – sie hat es ausgeschaltet. Als sie es denkt, weiß sie, dass es so ist. Sie macht ihr Bett ordentlich zurecht und versucht sich an das Gespräch mit ihrer Tochter zu erinnern, das sie hier in ihrem Zimmer zu vorgerückter Stunde geführt hatten. Es hatte mit früher zu tun. Was, um Himmels willen hat sie ihr erzählt? Sie kommt nicht drauf, und so entscheidet sie sich, zuerst einkaufen zu gehen. Sie setzt einen Hut auf, schlüpft in feste Schuhe, in denen sie gut gehen kann, wenn sie ihre Einkäufe hinter sich herziehen muss. Bevor sie aufbricht, wird sie die Bananenschale auf den Kompost werfen. Im Sommer kommen immer so rasch Obstfliegen.

Sie verlässt das Haus mit Handtasche, geht noch rasch durch den Garten, dorthin, wo sich hinter einer geflochtenen Wand der Kompost befindet. Als sie davorsteht, traut sie ihren Augen nicht. Das sind doch ihre Mirabellen, die da liegen! Sie nimmt eine in die Hand. Kein Zweifel, das sind die Früchte, die sie eigenhändig gepflückt und hierhergebracht hat.

Sie legt die Bananenschale auf den Kompost, sorgsam neben die Mirabellen. Aufgewühlt geht sie in den Schuppen, holt sich den Einkaufstrolley. Warum bloß haben Andrea und diese Ingi die Küche leergeräumt und ihr nichts dagelassen? Und warum liegen die Mirabellen auf dem Kompost?

Ihr sonst so energischer Schritt ist verflogen. Nachdenklich zieht sie den Einkaufstrolley hinter sich her. Sie wirkt verloren in der Menge von Touristen, die ihr entgegenkommen und zum Schiffsanleger strömen. Zwei Jugendliche machen sich gegenseitig über ihr komisches Aussehen aufmerksam und lachen über sie.

Elfriede bemerkt es nicht einmal.

»DANKE FÜR DAS OBERLECKERE FRÜHSTÜCK, Hannah!«, sagt Trixi stellvertretend für alle und fällt Hannah um den Hals. »Sag Andy liebe Grüße, wenn du sie vor uns am Telefon hast, und wir haben alle das vollste Verständnis für ihre Entscheidung.« Alle stimmen zu. Auch Rainer und Jochen, die als Letzte zum Frühstück dazugestoßen waren. Natürlich waren auch sie geschockt von dem, was in der Nacht noch geschehen war. Andys Mutter zog den Unwillen aller auf sich. Mit so einer Mutter ist man gestraft, da sind sich alle einig.

»Sag mal, haben die zwei jetzt was miteinander, Andy und Ingi?«, fragt Caro zum Abschied.

»Was?«, horcht Rainer auf. »Ingi und Andy? Die sind doch beste Freundinnen.«

»Sicher sind sie das, aber vielleicht ist mehr daraus geworden. Wenn man die zwei so beobachtet hat, könnte das schon sein«, meint Jochen und lächelt glückselig. Der Gedanke bringt seine romantische Seele zum Schwingen.

»Könnte schon sein«, gibt Hannah zu. »Sonst hätte Ingi mir ihr Auto bestimmt nicht dagelassen. Den beiden reicht eines.«

»Im Ernst? Ist ja der Hammer! Wie süß ist das denn?« Caro lacht. Ingis Art gefällt ihr. »Kannst du gut brauchen, den kleinen Fiat, was?«

»Ich würde es Andy echt gönnen«, sinniert Benne laut. »Sie und Ingi passen richtig gut zusammen.«

Das finden alle. In der allgemeinen Begeisterung fällt

niemandem auf, wie Hannahs Blick zum Parkplatz gegenüber schweift und ihre Mimik sich schlagartig verändert.

»Oh nein! Sagt, dass ihr das nicht wart!« Sie versucht, nicht allzu lange auf den Monolithen zu starren, der mit knallroter Farbe beschriftet ist. »Stein nicht wegrollen«, liest sie gepresst. Sie braucht eine Weile, um sich zu fassen. »Leute, wer von euch war das? Das kann echt Ärger geben.«

Die jungen Leute schauen noch nicht einmal hin. Deutlicher könnten sie ihre Tat gar nicht eingestehen.

»Blöde Bonzen«, sagt Rainer leise.

»Du warst das?«, raunt Hannah. Sie traut sich nur noch ganz leise zu reden.

Rainer schüttelt den Kopf. »Nein, das war schon, als wir heute Morgen aus dem Zelt gekrochen sind.« Er grinst, als wüsste er, wer es war.

»Macht euch rasch vom Acker, ihr Verrückten«, sagt Hannah zu Andys Studienfreunden, »ehe die von da drüben die Polizei holen.«

»Tschüüüüss«, ruft Trixi noch einmal. Und Hannah hört, wie sie sagt: »So ein Wohnmobil ist eine tolle Sache. Man hat wirklich seinen gesamten Hausstand mit dabei.«

Trixi, denkt sich Hannah. Ja, das könnte passen. Diese Achtziger-Demo-Generation! Die haben bestimmt Sprühfarbe mit dabei, für alle Fälle. Sie lächelt, als sie ihnen hinterher winkt und VW-Bus und Wohnmobil ihren Blicken entschwinden.

Keinen Moment zu früh, denn schon biegt ein Polizeiauto in die Straße ein. Dieser andauernde Ärger zwischen Campingplatzbetreiber und der Erbengemeinschaft ist schon beinahe Routine. Sie parken an der Straße, steigen aus, gehen zur Platzrezeption. Hannah verschwindet rasch im Haus und verfolgt durch das Fenster das weitere Geschehen. Wenig später kommen sie wieder heraus, in Begleitung des Chefs von drüben, und alle sehen sich den Stein an, reden miteinander. Dann kommen sie zu ihr herüber, läuten zuerst an der Tür zum Haupthaus. Als keiner aufmacht, läuten sie bei ihr.

Sie informieren Hannah über die Anzeige wegen Sachbeschädigung, die der Platzbetreiber erstattet hat. Natürlich stehen die Erben in Verdacht, die sie nun befragen werden müssen. Hannah stellt sich dumm, hat nichts gesehen und nichts gehört. »Ich gehöre nicht zur Erbengemeinschaft und halte mich aus Streitereien heraus«, sagt sie. »Ich wohne hier nur zur Miete und schau nach dem Rechten.« Aber das wissen die Polizisten längst.

»Und Sie haben nichts gesehen oder beobachtet?«

»Nein«, wiederholt Hannah. »Ich lag im Bett und habe geschlafen.«

»Ist momentan irgendeiner der Erben anwesend?«, fragt der ältere Polizist.

»Eine ist gerade aufgebrochen zum Einkaufen«, sagt Hannah. Natürlich hätte sie erwähnen können, dass auch die betagte Erbin im Bett gelegen hat und bestimmt nichts dazu sagen kann, aber das soll Elfriede mal besser selbst bezeugen.

»Dann kommen wir nachher noch mal«, meint der Beamte. »Ist sie in einer Stunde wieder da?«

»Bestimmt.«

Die Polizisten verabschieden sich und Hannah wünscht ihnen noch einen schönen Tag. Sie zieht die Tür ins Schloss. Elfriede wird sich schrecklich darüber aufregen, dass die Polizei ausgerechnet sie zu dieser Farbschmiererei befragt. Aber irgendwie will sich bei ihr kein Mitleid mehr für die alte Frau einstellen.

NEUNUNDZWANZIG

INGI und ich reden so angeregt miteinander, dass die zwei Stunden Fahrt wie im Flug vorübergehen. Plötzlich sind wir da und ich parke mein Auto in der Einfahrt eines unspektakulären Zweifamilienhauses aus den sechziger Jahren, das sich von seinen Nachbarn kaum unterscheidet: Zwei Stockwerke mit Balkon und einem großen Garten. Ingis Grundstück wird von einem hölzernen Scherenzaun eingefasst, die Nachbarn haben Stabmattenzäune, an manchen Stellen doppelt und mit Schotter aufgefüllt. Mir gefällt die Holzvariante wesentlich besser. Überhaupt sieht Ingis Garten am ursprünglichsten aus.

»Wir sind zu Hause! Eigentlich hätten wir auch mit dem Boot kommen können«, sagt Ingi scherzhaft, als wir aussteigen. Ihr Haus liegt am Ortsrand. Wirft man einen Blick über die Straße und Felder, kann man wieder den Neckar sehen. Sie ist ganz aufgekratzt, springt beinahe die wenigen Stufen bis zur Haustür hoch. Ihre Hand bebt erwartungsvoll, als sie aufschließt. Von drinnen hört man schon die Katze miauen. Es klingt so herzzerreißend, als wäre sie all die Tage völlig allein gewesen.

»Ich bin wieder da, Molly! Ich bin ja wieder da«, beruhigt

Ingi sie, noch bevor sie die Tür ganz geöffnet hat. Sie ergreift meine Hand und zieht mich mit hinein.

Als ich über die Schwelle trete, fühle ich mich schon zu Hause, noch bevor Ingi sagt: »Herzlich willkommen in unserem Haus!« Sie lacht dabei und nimmt die Katze auf den Arm, drückt sie ganz fest an sich. »Molly, schau mal! Ich habe Andy mitgebracht!«

Molly schmust und schnurrt. Die Lautstärke überrascht mich. Ja, die zwei haben sich wirklich vermisst!

Nachdem die beiden voneinander ablassen, werde auch ich ungestüm begrüßt.

»Da staunst du, was? Jetzt wohnen wir beide hier, Andy und ich. Freust du dich, Molly?«, fragt Ingi.

Wir sind felsenfest davon überzeugt, dass Molly genau deswegen ganz aus dem Häuschen ist. Ich hocke mich zu ihr auf den Boden und sie springt mir auf den Schoß. Freude überkommt mich, so rasch wieder mit einer Katze wohnen zu dürfen.

Wir bleiben noch eine Weile auf dem Boden sitzen, bis wir das Fellknäuel in den Garten lassen und wir uns daran machen, das Auto auszuladen. Alles, was mir gehört, stelle ich in den Hausflur, Ingis Sachen kommen in die Wohnung im Erdgeschoss. Die Tüte mit den Einkäufen stelle ich in die Küche.

»Jetzt aber erst mal einen Kaffee«, sagt Ingi.

»Genau das wollte ich vorschlagen.« Wir haben Croissants und Brezeln mitgebracht und ich freue mich auf ein ausgiebiges Frühstück. Ich decke den Tisch, Ingi setzt Kaffee auf. Bis er durchgelaufen ist, habe ich etwas Zeit. »Kann ich die obere Wohnung schon mal in Augenschein nehmen? Dann trage ich nämlich gleich meine Koffer hoch.«

Ingi nickt. »Die Tür oben ist offen. Schau dir alles in Ruhe an. Wenn du Wäsche hast, lass sie mir hier, ich nehm' sie gleich mit in die Waschküche.«

Es klingt alles so selbstverständlich. Ich gehe nach oben, möchte nur einen kurzen Blick in meine zukünftige Wohnung werfen. Hier oben war ich noch nie. Der Grundriss ist gleich wie unten, aber man sieht sofort, dass man hier einiges modernisieren muss. Ich gehe Zimmer für Zimmer durch, stelle mir vor, wie in dem größten Zimmer, in das jetzt die Sonne hineinscheint, meine Büromöbel aussehen. Ich bin ein Morgenmensch, ich brauche früh möglichst viel Licht zum Arbeiten.

Das kleinere Zimmer reicht mir als Wohnzimmer und dann gibt es noch ein Schlafzimmer, und das vierte könnte ja ein Gästezimmer werden, oder ein Fitnessraum, dann bräuchte ich meine Yoga-Matte nicht immer wegzuräumen.

Hier kann ich mich so richtig ausbreiten, stelle ich erfreut fest.

»Gefällt es dir?«, fragt Ingi hinter mir.

Ich drehe mich um, nicke.

Sie meint: »Sicher, du musst neue Böden verlegen, neue Tapeten und so … aber du hast doch Zeit. Während du hier umbaust, kannst du ja unten bei mir wohnen.«

Vielleicht ist es genau das, was ich hören will, denn vor meinem inneren Auge sehe ich mich sowieso unten in ihrem Wohnzimmer. »Ja, das ist eine sehr verführerische Idee.«

Wir küssen uns, im Flur stehend. Sehr lange, bis Ingi haucht: »Ich glaube, der Kaffee ist durch.«

Es ist unser erstes Frühstück in *unserem* Haus. Der Blick in den Garten hat das, was mir die letzten Jahre gefehlt hat. Vögel sind zu hören. So naturnah habe ich noch nie gewohnt. Die Katze kommt wieder zu uns, springt auf einen freien Stuhl, rollt sich dort zusammen. Müdigkeit überkommt mich, als ich satt bin.

»Möchtest du dich hinlegen? Warst du eigentlich die ganze Nacht wach?«, fragt Ingi.

»Ja, ich war mit Nachdenken beschäftigt.«

»Du Arme.« Sie legt ihre Hand auf meine, streichelt mich zärtlich. Als wir beide aufstehen, um den Tisch abzuräumen, umfasst sie meine Taille. »Ich kann es nicht fassen, dass du wirklich da bist und jetzt zu meinem Leben gehörst.«

»Es fühlt sich so selbstverständlich an. Wie heimkommen. Ist das nicht merkwürdig?« Ich streiche zärtlich über Ingis raspelkurzes Haar. »Es fühlt sich schön an«, flüstere ich in ihr Ohr. »Ich hoffe, deine Frisur bleibt jetzt für immer so.«

»Wenn du es möchtest.« Ingi lacht etwas verlegen, schiebt mich von sich. »Gefalle ich dir wirklich? Ich habe doch ein paar Kilo zu viel …«

»Warum müssen Frauen immer an ihrem Körper herummäkeln? Du bist wunderschön, Ingi. Jetzt noch mehr als früher, als wir beide jung waren«, ergänze ich. Wir bleiben so stehen, halten uns ganz schön lange einfach so in den Armen.

Der Gedanke an meine Arbeit überkommt mich ganz plötzlich. Ich sollte mich dringend wieder melden. »Ich würde oben gerne schon mal mein provisorisches Büro einrichten und ein paar Sachen abchecken, wenn das für dich okay ist.«

»Mach doch. Ich mach hier erst mal klar Schiff. Und dann leg dich oben ein bisschen hin. Da stört dich keiner.«

Die Wahl für meinen Arbeitspatz fällt auf die Essecke in der oberen Küche. Das WLAN funktioniert einwandfrei. Das habe ich selbst eingerichtet, erinnere ich mich, und mein Laptop loggt sich automatisch ein. Die nächsten zwei Stunden bin ich virtuell bei der Arbeit, danach kann ich meine Müdigkeit nicht mehr länger verdrängen und lege mich auf die alte Couch im oberen Wohnzimmer, das Ingis Eltern noch so eingerichtet hatten. Sofort falle ich in tiefen Schlaf.

Als ich erwache, ist es bereits Nachmittag. Ingi hat mich nicht geweckt, dafür liegt eine kuschelige Decke auf mir. Ich schiebe sie von mir, stehe auf und schaue in den Garten, sehe die Katze durchs hohe Gras schleichen, sehe Ingi am Gartenzaun stehen, wie sie sich mit der Nachbarin unterhält. *Unserer* Nachbarin, korrigiere ich mich in Gedanken, denn nun wohnen wir gemeinsam hier.

Für einen Moment schweift mein Blick umher und ich stelle mir vor, wie es hier aussehen würde, wenn die Wände hell verputzt und der Boden mit Parkett ausgelegt ist. Ja, wir werden es uns schön machen! Tatendrang erwacht in mir. Doch bevor ich mich in mein neues Leben mit Ingi stürze, habe ich noch etwas zu erledigen. Ich hole mein Handy vom Küchentisch, setze mich wieder aufs Sofa, denn das Gespräch, das ich nun führen werde, dauert länger.

Ich drücke auf eine der eingespeicherten Nummern und schon kurz darauf höre ich die Stimme meiner Mutter: »Wo bist du und warum geht dein Handy nicht?« Wie immer lässt sie mir gar nicht erst die Zeit zu antworten, sondern fährt ganz aufgeregt fort: »Die Polizei war heute schon bei mir, wegen der Farbschmierereien am Stein gegenüber. Also, man sollte es nicht glauben! Da fragen die eine alte Frau, ob sie was gesehen hat! Als würde ich nachts mitbekommen, wie anderer Leute Eigentum beschmiert wird! Hast du irgendetwas damit zu tun? Habt ihr euch deswegen so rasch davongeschlichen? Ich wollte der Polizei gegenüber ja keine Andeutungen machen, aber sie werden dich auf jeden Fall anschreiben. Ich wusste nicht, welche Adresse ich angeben soll. Wie bist du denn zu erreichen? Oder bist du nächstes Wochenende wieder hier?« Sie hält inne. Wahrscheinlich ist ihr jetzt aufgefallen, dass ich noch keinen Ton von mir gegeben habe.

»Eines nach dem anderen, Mutter. Und jetzt hör mir gut zu.« Ich entscheide, das Pferd von hinten aufzuzäumen, hole tief Luft und beginne mit ihrer letzten Frage.

»Nein, ich bin nächstes Wochenende nicht da und ich werde in absehbarer Zeit auch nicht mehr aufschlagen. Im Gegenteil, ich mache mir eher Gedanken darüber, ob es nicht besser wäre, ich trete meinen Anteil an Bernd ab, zu einem angemessenen Preis natürlich. Dann kann er endlich so oft dort sein, wie er möchte, und muss nicht vorschieben nach seiner Schwester sehen zu wollen. Weißt du, Mutter, das war ein ganz billiger Trick von dir und Bernd. Er kommt einfach früher und macht aus einer Geburtstagseinladung einen Kurzurlaub. Und du gibst vor, mir helfen zu wollen, und machst keinen Finger krumm. Du wolltest doch nur mehr Zeit mit deinen Enkeln verbringen. Ihr wart mir bei den Vorbereitungen zu meinem Fest mehr Belastung als Hilfe.« Ich hole Luft, gebe ihr die Chance, sich zu verteidigen, aber sie schweigt. Wahrscheinlich hat sie jetzt wieder diesen zitronensauren Zug um den Mund. Trotzdem rede ich weiter. »Es liegt in der Natur der Sache, dass Kinder Lärm machen und schon früh am Morgen toben. Es hätte so gesehen gereicht, wenn Bernd am Samstag gekommen wäre. Dann hätten meine Freunde die zwei Tage zuvor auch mal ausschlafen können, wenn sie sich schon den Arsch für mich aufreißen. Mein Geburtstag war nicht die Steilvorlage für euer Treffen im Gutshaus zu einer Zeit, die mir zusteht. Aber, wie gesagt, ich habe das sowieso alles satt und ihr könnt meinen Anteil haben. Conny und die Kinder werden sich ganz bestimmt darüber freuen.« An dieser Stelle muss ich aufpassen, nicht sarkastisch zu klingen. Mutter sagt immer noch nichts, aber ich höre sie atmen.

»Und jetzt gebe ich dir meine neue Adresse durch, wenn du etwas zu schreiben hast.« Ich beginne sofort damit, sie ihr zu diktieren, und auf einmal redet sie wieder.

»Nicht so schnell!«

Ich wiederhole die Adresse. Diesmal langsamer.

»Pliezhausen«, wiederholt sie.

»Ja, Pliezhausen. Das kannst du den Polizisten so weitergeben, oder sie bekommen es durchs Einwohnermeldeamt selbst heraus. Ich habe jetzt ein Haus, eine Frau und eine Katze.«

Ich erwarte nicht, dass sie sich dazu äußert.

»Hier ist meine Familie und hier werde ich gebraucht. Zukünftig werde ich also keine Zeit mehr haben, dich auf Reisen zu begleiten. Ich werde meine Urlaube mit Ingi verbringen, die hat nämlich noch nicht viel von der Welt gesehen. Nicht, weil sie es nicht wollte, sondern weil sie immer nur für andere da gewesen ist.« Ich komme ohne Überleitung zum nächsten Punkt. »Zu den Farbschmierereien kann ich nichts sagen, ich habe nichts davon mitbekommen und niemanden gesehen, der das getan haben könnte. Unsere frühe Abreise hatte einen ganz anderen Grund, und der heißt Hildegard.«

»Was soll das? Was willst du mir damit sagen?« Ihre Stimme ist eisig.

»Auch wenn du deine erotische Erfahrung mit einer Frau als Unreife abtust, ich tu es nicht! Ich sehe darin meinen Weg zum Glück und fühle mich selbstverständlich als ein kleines Zahnrad im Getriebe unserer Gesellschaft. Wenn du das anders siehst, tut mir das leid.«

»Was habe ich dir von Hildegard erzählt?« Sie sagt es vorwurfsvoll. So, als verurteile sie mich, sie nicht davon abgehalten zu haben.

»Alles, Mutter. Alles. So viel, dass ich keine Lust mehr hatte, dir heute Morgen zu begegnen. Und du möchtest mir vorschreiben, wie ein verantwortungsvolles Leben aussieht?« Meine Stimme wird lauter. Ich bin schon versucht, einfach aufzulegen, als mir noch etwas einfällt. »Ach, und die Mirabellen, die habe *ich* auf den Kompost geworfen. Ich hatte genug von deinen Ankündigungen, was du für mich tun willst und dann doch nicht tust. *Ich* bin dir nicht so wichtig wie dein Sohn, deine Enkel oder deine Schwiegertochter. Und eigentlich habe ich das schon immer genauso gefühlt. Du hättest mir von Anfang an sagen können, dass du meinen Lebensstil verabscheust. Das wäre ehrlicher gewesen, und ich hätte mir all die Jahre ersparen können, in denen ich alles Mögliche gemacht habe, nur um dein Wohlwollen zu erringen.« Ich schlucke den Kloß im Hals herunter, der ganz plötzlich da ist und mich am Weiterreden hindert. »Aber weißt du was, Mutter?«, presse ich hervor. »Ich bin jetzt fünfzig. Ich brauche deine Liebe nicht mehr. Im Gegenteil. Eines Tages wirst du deine Kinder brauchen.«

Mutter sagt immer noch nichts und ich drücke mit zitternden Händen auf das rote Hörersymbol. Es verschafft mir längst keine Genugtuung mehr, ihr all das zu sagen, aber es muss gesagt werden. Ich brauche Klarheit für etwas Neues. Ingi, denke ich, als ich noch eine Weile sitzen bleibe, um mich zu beruhigen. Dann gehe ich nach unten. Der Geruch nach frisch gebrühtem Kaffee kommt mir schon im Treppenhaus entgegen. Ingi steht in der Küche, lächelt mich an. »Na, hast du gut geschlafen?«

»Danke fürs Zudecken«, sage ich. Ihr Blick streift mich.

»Ich habe dich reden hören. Gab's Ärger im Büro?«

»Ich habe mit Mutter telefoniert.«

»Oh!« Ingi stellt die Kaffeetassen, die sie schon in der Hand hat, zurück auf die Arbeitsfläche und betrachtet mich prüfend. Das Zittern hat aufgehört, dafür kommen mir jetzt die Tränen, die schon beim Gespräch mit Mutter heraus-wollten.

»Du hast Klartext mit ihr geredet?«, haucht Ingi andächtig und schließt mich in die Arme.

»Ja.«

»Chapeau!«

Ich muss unter Tränen lachen. Es klingt so drollig, wie sie es sagt.

»Erzähl«, sagt Ingi und gießt uns ein. Es wird ein sehr langes Kaffeetrinken, und bis wir aufhören zu reden, ist es schon beinahe Abend, und uns knurrt beiden der Magen.

»Ich werde ab morgen wieder ins Büro gehen. Es steht einiges an. Es wird spät werden, bis ich zurück bin«, sage ich.

Ingi nickt. »Ich habe morgen meinen letzten freien Tag. Am Mittwoch fange ich auch wieder an, erst mal für zwei Stunden, und nächste Woche arbeite ich schon einen halben Tag.«

Sie klingt zuversichtlich. Ich weiß, sie wird es schaffen: die Arbeit, die Therapie. Alles. Ich bin schon sehr gespannt, was sie mir davon berichten wird.

»Isst du eigentlich immer in der Kantine zu Mittag, oder sollen wir abends was Anständiges essen?«, fragt Ingi. So wie sie fragt, ist Kantinenessen für sie nichts Anständiges. Ich lache darüber.

»Ich esse tagsüber nur eine Kleinigkeit, weil ich weder die Zeit noch die Ruhe habe. Macht es dir etwas aus ...?«

»Nein, im Gegenteil. Dann koche ich abends, wenn wir ganz gemütlich zusammen essen können.« Ingi strahlt, verschwindet in die Küche. »Und jetzt mach ich uns auch was Leckeres.«

Wir kochen, essen, räumen auf, lümmeln vor dem Fernseher. Die Katze springt zu uns aufs Sofa, als hätte sie das schon immer so getan. Und vielleicht ist es genau diese Selbstverständlichkeit, die uns, ohne weiter nachzufragen, vom Badezimmer aus ins Schlafzimmer verschwinden lässt.

Wir lassen uns sehr viel Zeit. Zumindest nehme ich mir das vor. Als ich allerdings Ingis Brüste vor mir habe und sie fühle, geht es dann doch viel schneller. Da erwacht etwas in mir, das ich schon verloren glaubte. Ich habe diese schwindende Lust den Wechseljahren zugeschrieben, aber das stimmt gar nicht. Im Gegenteil. Fünfzig ist ein wunderschönes Alter für ein erfülltes Sexleben. Da weiß man nämlich genau, was man schön findet, und ist noch beweglich genug, um es umzusetzen. Findet auch Ingi.

»Bleibt die Schlafzimmertür offen? Darf die Katze ins Bett?«, frage ich sehr viel später, als wir beide eng umschlungen daliegen.

»Natürlich«, nuschelt Ingi. »Molly darf immer kommen, wenn sie möchte.«

Ich gebe ein leises Lachen von mir.

Wie schön.

Ende

EPILOG

Es ist noch kein Jahr vergangen. Ingi und ich sind so glücklich, dass wir das Ende der Renovierungsarbeiten samt Einweihungsfeier unseres neuen Wintergartens um einen Programmpunkt ergänzen: dem Besuch auf dem Standesamt! Ursprünglich wollten wir diesen besonderen Tag nur mit unseren Freunden feiern, aber dann rief meine Mutter an und kurz darauf Bernd. Und was soll ich sagen? Beide Telefonate waren sehr lang. Nun stehen sie heute also mit im Spalier, als wir aus dem Gebäude treten, und Mutter weint Rotz und Wasser. Ja, ihre drei Enkel sehen herzallerliebst aus, wie sie uns Blumen streuen. Aber Ingi und ich wissen, dass es bei Mutter nicht nur Tränen der Rührung sind.

NACHWORT

DIE MIRABELLEN MEINER MUTTER ist ein fiktiver Roman. Auch wenn die einzelnen Protagonist:innen lebensnah und vertraut erscheinen, handelt es sich lediglich um frei erfundene Charaktere. Sie mögen uns vielleicht an Bekannte und Verwandte erinnern. Das liegt daran, dass sie gewissen Archetypen entsprechen.

Die genannten Orte existieren tatsächlich. Es gibt sogar einen oder mehrere Campingplätze in Neckargemünd. Keiner von ihnen hat etwas mit dieser Geschichte zu tun. Handlung und Beschreibung in diesem Buch sind frei erfunden.

MEINEN HERZLICHEN DANK AN ALLE, die mein Buch erworben haben. F/F Adult Romance ist ein Stück weit ein Experiment. Es soll locker und leicht zu lesen sein und gleichzeitig die Zielgruppe mit besonderer Lebenserfahrung ansprechen.

Ich freue mich über jegliches Feedback, natürlich auch über Rezensionen.

Herzliche Grüße
Ihre/ Eure Emma
Emma.Autorin@posteo.de